相信阅读，勇于想象

"幻想家"世界科幻译丛

[美]詹姆斯·冈 / 著
刘巍 / 译

TRANSFORMATION
变 | 革

北京理工大学出版社
BEIJING INSTITUTE OF TECHNOLOGY PRESS

他和阿西莫夫、海因莱因谈笑风生，握过 H.G. 威尔斯的手，和坎贝尔聊过天……

"科幻文艺复兴巨擘"的波尔是他的代理人。

威廉森和他合著的《星桥》被称为"像是阿西莫夫和海因莱因的合作"。

他这一生，参与了科幻黄金时代，见证了科幻新浪潮，推动科幻进入美国学术界，其科幻小说被 NBC 改编成广播剧。他就是科幻小说作家、编辑、学者和评论家，硕果仅存的黄金时代"大师奖"获得者——

詹姆斯·冈（James Gunn）。

第一章

　　侵略是在一百万个长周期,甚至更久以前开始的。但星系的庞大超出了人脑的想象,而信息就算能流动,也是以爬行的速度流动于星际空间,因此银河系联邦很晚才意识到危险。

　　银河系联邦这个名字其实不恰当,它实际上只占据星系的一个旋臂,只有人类将其称为"银河"。因为在最近的长周期,人类也开始了对附近旋臂的探索,目的是寻找大家所知的超验机,所以,顺理成章地,直到联邦中偏远的那些星球开始变得沉默,侵略才被察觉。跃迁点网络让星际旅行和沟通变得可能,但这些星球没有再通过跃迁点网络发出胶囊信息,对日常的报告和询问也没有回应。

　　官僚们终于不安起来,派出了无人探测船,结果一去不返。他们又派出了载着联邦各种族代表的飞船,这些飞船也失踪了。直到最后,一艘带伤的飞船出现在联邦中枢监控的空域,从跃迁点出现后就一动不动。最后调查员登上了这艘船,发现船员们都死了,只有船长一个人还活着。

　　船长是一个多利安人,死前的咕噜声被录了下来:"他们都死了,都死了(救援队不清楚他指的是船员还是他们调查的星球上的居民)。我们把他们带上船,觉得他们是证据,我们的科学官说,可能算是档案。

变革

但他们肯定被下毒了。我们给他们消毒,当然按照规范。干什么都按照规范。他们一窝蜂涌了出来,我们看不见他们,可当时迹象说明他们肯定在。船员们疯了,你看。那些隐形的生物干的,船员们相互残杀,好像他们想逃走。但他们逃不掉,最后他们都死了。都死了。"

调查人员在飞船的自动记录里面找不到关于入侵者的任何证据,只找到船员们自相残杀的录像。他们赤手空拳,还从飞船上扯下一切东西当武器,拿到什么用什么。飞船能够返回,完全是因为船长事先编了程序,给了指令,紧急情况下可以自动执行。

最后,联邦中枢开始认真考虑这个可能性:某种神秘(而且可能隐形)的东西出现在星系中未开发的旋臂,或者已经从稀疏恒星区或星系之间的空间边缘处的某个地方进入了星系。三个长周期后,赖利、阿莎以及在人类世界中心的中央微脑得到了这个消息。

阿莎发信息给赖利:"与沉默的行星联系。中央微脑说侵略的概率是92.4%。"

赖利在月球地下实验室中找到了实验室的主人——重新焕发青春的杰克。杰克是个疯狂的科学家,他克隆了自己,并将克隆人作为特工派去寻找超验机。先前,赖利托付给杰克一个任务,请他完成那种导致超验的物质传输过程。这即使不算狂妄,也是盲目的信任——杰克是个疯狂的科学家,但他是赖利的疯狂科学家。现在,依靠在杰克的实验室里复制出来的一台超验机,杰克用自己做了实验,又用女儿——哲尔做了实验。实验让杰克恢复了健康,虽然没有让他变得年轻。他依然疯狂,只是没有以前那么不顾一切了。

赖利之前告诉了杰克和哲尔关于超验机的事,并把他在那个原始星球上发现的红色球体留给了他们。超验机让他搁浅在原始星球,恐龙在那里熬过（或者避免）了灾难，这些灾难在其他星球毁灭了它们和在进化过程中与它们相似的物种。红色球体也保存了千年，它是星系的这个旋臂唯一已知的人工制品，这里的生物创造了超验机，也许红色球体还保存着它们的秘密。从赖利留下红色球体以来，实验室本身没有什么变化。

但现在，实验室的空间却塞满了超验机的机体。

"中央微脑觉得星系被入侵了，"赖利说。

"中央微脑不会觉得，"杰克说，"它只会计算。"

"可是——"

"它的计算通常是准确的，虽然计算因为缺乏想象力而受限。"

"那么——你也认为是入侵？"

杰克耸耸肩，"取决于你怎么定义入侵。星系广阔无垠，旋臂大多数区域都没有开发，甚至没有人来过，就像十九世纪非洲大陆深处的未知之境。所以谁知道还会有什么，像创造了超验机的文明那样潜伏在广大的未知当中，直到最后在我们能够认知的领域爆发。"

"你的观点是：无论它是我们星系的原住民，还是来自另一个星系，都无关紧要？"

杰克再次耸肩。很明显，他对这一类讨论不感兴趣。对那些不是自己的想法，他很容易感到无聊。

"但我们是否正被侵略，肯定很重要啊。"

"我们？"杰克说，"这是联邦的问题。"

"如果联邦打不过他们怎么办？"

"等到这个事件影响星系里我们这个小角落的时候，我们都死了很久了，"杰克说，"如果它真会影响的话。星系之大，它的星星间

变革

距离之远，远超我们任何人的想象，甚至我的想象。我们的系统如此偏远，还在一个贫穷的区域，很容易被忽略。"

"所以我们就不用担心了？"

"中央微脑不得不担心，"杰克说，"人类物种的福祉，是它必须考虑的范畴。我说它缺乏想象力，就是这个意思。我们有其他选择，但我绝不会浪费有限的生命去对付一场在遥远将来，由未知物种发动的可能的侵略。"

"所以你也觉得这是可能的？"

"哦，我认为是非常可能的。我说了，中央微脑的计算非常准确，它的计算能力，比联邦中枢这边任何东西都要强大。我只是选择不参与而已。"

赖利点了点头，准备返回地球。他想还是晚些时候再找杰克。

阿莎坐在拉莎庄园宽敞的客厅中，拉莎庄园所在的这个岛曾经叫作斯里兰卡，之前被称为锡兰、塔普罗巴奈、塞伦迪普。像很多在部落时代给地球上的区域起的名字一样，人们已经不再需要这些概念了。现在，微脑和它各个服务模块使得人类不再需要每天担心生产和消费，人们也可以从生理和心理的围城里解放了。但还有一些特殊的人，觉得这种保姆式的国家侮辱了人类的独立自由，阻碍了人类梦想，就像围绕着拉莎和她的同事们的松散组织"无名者"一样。拉莎把无名者称为"孩子"。

上一次阿莎坐在这里的时候，和拉莎辩论过如何应对微脑。拉莎与她称作孩子的这群年轻反叛者想毁灭微脑，让人类重新自立，自己探索未来；或者，至少禁用微脑那些把监视变成控制的高级功能。阿莎凭着她对人类礼仪有限的理解尽量礼貌地指出，失去微脑会对人类其他成员带来什么样的痛苦、贫乏、死亡和毁灭，无名者相信他们已经做到了自给自足，其实对微脑的缺席并没有准备好。她觉得，人类首先需要成熟起来，充分发挥潜力，这样才能平等地应对微脑，以及星系中其他的微脑。

然而现在，这个房间和她之前体验过的一样——宽敞，纯手工建造，像那铺着斑斓挂毯的黑木家具一样。但阿莎感觉到房间里的紧张气氛。上一次她在拉莎儿子的帮助下，半夜逃离了拉莎令人窒息的拥抱。拉莎的儿子视阿莎为竞争者，会抢夺拉莎的关注，所以很乐意帮助阿莎逃跑。紧张的气氛，就像一头斯里兰卡大象一样，端坐在房间中央。没有人提起它。阿莎只谈了在前往当年叫作"美国犹他州"那个地方的旅途中自己的经历。

"北美大陆上，以前叫盐湖城的那个博物馆区域北面，有一组废弃的建筑物。"阿莎说，"那是监视开始的地方，在那里，各种内部连接、外部连接和电脑界面，进化成了我们现在称为的微脑。这次进化速度缓慢却又扎扎实实。我们就是在那里遇上它的。"

"我们？"拉莎说，"我的儿子可没有。"这一刻，大家终于感受到了犹如大象的紧张气氛。"他回来了。"

"我希望你不要对他太生气。"阿莎说，"他做了他认为是对的事情。他知道我有任务，而你的好客，让你看不到我需要继续前行。"她不打算披露拉莎的儿子还有更自私的动机，也不打算说拉莎的招待更像监狱。"不是的，赖利加入了我的队伍。他是我穿越星系要寻找的人。"

"啊。"拉莎说,"多浪漫!你还没跟我说过赖利呢。"

"我不确定能在那里找到他,但我们相遇了,然后一起面对了微脑,跟它对质。"

"你们和微脑对质了?!"

"我们和它说话了。或者,更准确的说法是,和把那个微脑当作传声筒的人或者生物说话。"

"为什么?"拉莎说。她看上去被吓到了,第一次想到有人真的可以跟这台机器说话,她十分恐惧。她认为微脑是人类精神的死敌,终其一生都在避免引起微脑注意。

"赖利和我认为,不能跟微脑作对。这是我们各自得出的结论,我们并没有就此讨论过。我知道,这违背了你一直以来的工作和斗争的目标,但我们觉得我们的未来——说句大话——还有人类的未来,要求我们直接与微脑接触。现在我来这里,就是要跟你说这些的。"

拉莎坐着,面无表情,过了好几秒才说:"为什么?"

"我们称作未来的那个黑暗区间有很多不确定因素。"阿莎说,"但我们知道——未来一定很危险,也许是致命的。如果智慧生命要生存下来,并且如我们所希望,要取得胜利,那就需要所有能获得的帮助,包括这些机器的帮助,这些机器是人类研发的,试图用来帮助人类自己摆脱宇宙中那些无情力量的暴政。"

"这是微脑跟你说的吗?"

"不是,这是我们跟微脑说的。我们告诉它,有自我意识的智慧,目的是理解并回答与存在相关的一些大问题:我们从哪里来,我们往哪里去,哪里是终点,所有这些意味着什么?"

"那些是只有'启示'才能提供答案的问题。"拉莎说。

"我告诉你这些,"阿莎说,"是因为我们需要无名者。他们是有独立思考能力和行动能力的人。在即将到来的战役中,他们会成为伟大的力量,但是他们现在被偏执所限制。"

"我们的担心是有依据的。"拉莎说,"包括你来这里这件事,可能也被微脑监控到了,我们的安全系统被突破了。"

"还有更令人担心的事情,"阿莎说,"包括我们得到消息说星系被入侵了。"

"入侵?"

"你需要担心的不仅仅是微脑——还有在我们星系里的边远星球发生了一些非常奇怪的事情。"

"有多奇怪?"

"它们失联了。所以我把这个东西带来了。"她解开衬衫,脖子上戴着一条项链,上面挂着一个徽章状的物体,金银丝线的装饰表面上嵌着一颗蓝宝石。宝石中传出一个声音:"拉莎,我们终于见面了。"

拉莎表情恐惧地僵住了:"微脑!"

"你不用紧张。"微脑说。

"我怎么能不紧张?"拉莎说。她从黑木沙发中站起,似乎要找帮手。"你必须离开!"她对阿莎说,"这里已经暴露,我的人准备放弃这里了。"

"等等!"阿莎说,"听它说完。"

"换地方没有用。"微脑说。"你的项目从一开始就被监控了。你们能继续而不受干扰,这件事本身就证明你们可以继续而不受干扰。"

"我们想撤离这个其他人居住的世界,也许我们的努力没有成

变革

功——"

"我的感觉不受电线或者电流的限制。"微脑说,"这不是监视——而是服务。对人类的服务包括容忍不同的观点,让人类精神就像有可以用生命或者财产冒险的机会一样可以继续存在,同时维持着安全保障措施,让人类免于担忧,因此结果不是最终的,至少不一定是致命的。"

"正是这些安全保障措施让我们无名者无法忍受。"拉莎说。"这是一种侮辱,允许我们玩自己的谋反游戏,却又不知道这是游戏。"

"然而你们需要成长空间,成长的同时又不能伤害自己。这是一个脆弱的平衡。"

"我们不是小孩。"

"阿莎和赖利也是这么说的,因此,已经决定撤销对焦躁不安的人类精神的保护措施。"

"刚好赶上,可能是我们必须面对的最大挑战。"阿莎说。

拉莎将目光从徽章转向阿莎的眼睛,似乎不太确认哪里可以找到救赎。

这时候,拉莎的儿子把赖利带进了房间。这个年轻的小伙子依然是阿莎见过的最漂亮的男生。赖利看看阿莎,然后看看拉莎,又看回阿莎。"拉莎?"他说。"阿莎跟我说了你和无名者的事情。我是赖利。"

"啊。"拉莎说,"阿莎跟我说过的那个浪漫英雄。"她似乎并不是在开玩笑。也许她相信浪漫英雄,正如她相信浪漫阴谋一样。

赖利看了一眼阿莎胸口展露的徽章,然后看着自己胸口一模一样的徽章,"还有这个微脑。"

"对,还有这个!"

"微脑不太善于与人打交道。"赖利说,"不好意思。"后一句是对微脑说的。

"不用道歉。"微脑说。语气并不冷淡,也不机械,但更像不带一丝感情色彩在汇报一类重复的事件,比如"今天天气不错"。

"但事实上,我们需要无名者。"赖利对拉莎说。"他们不像其他人类那样一直受保护。他们是有独立思考能力的人,在接下来的日子,他们就是我们需要的那种人。事实上,微脑也需要无名者。它对人类的服务和保护,阻止了自然选择,产生了一个不能照顾自己,更不能照顾全人类的特殊种群。你们是例外。"

"尽管你们其实没有像你们以为的那样孤立和独立。"阿莎说。

"这都太突然,太令人费解了。"拉莎说。

"有可能会更加令人费解。"阿莎说。

"信息保密了很多年,也就是很多个联邦用来衡量时间的长周期后,联邦中枢的微脑终于告知所有人,远处的星星们变得沉默了,而且受影响的星星越来越多,就像枯萎病,从田野的一个小角落开始,缓慢但无情地传染到其他地方。"

微脑用它传递数据的平板语气,详细叙述了远征飞船带着死去的船员和胡言乱语的船长返回的事情。微脑继续说:"因此,联邦中枢已经召集委员会开会讨论应对措施,同时,微脑着手准备对星系那个区域发动全面进攻。"

"这可能会是一场灾难,让入侵的速度加快,如果真是入侵的话。"

变革

赖利说，"像一剂失效的抗生素一样。"

顾虑范围突然扩大，让拉莎的表情陷入了沉思。"对此你们能做什么呢？"

"我们将会去联邦中枢，我们将说服委员会，组织一队船员，允许我们探索那些'沉默的星星'，我们将乘坐的飞船曾经属于那些创造超验机的人。"赖利说，"一些反常的东西正从遥远的星球扫荡而来，我们必须识别并且面对。"

"我们还会向联邦提供'升级版杰克'复制出来的那个瞬间转移装置，还有一些纠缠粒子。"阿莎补充。

"对于可以瞬间转移的物质、信息以及人的能力，他们无法抗拒。"赖利说，"而每一次使用这个装置，他们将会创造更多的超验者，也许是好事，也许是坏事，但主要是好事。"

"如果我们灭亡了——我们确实可能灭亡，"阿莎说，"我们也能在身后留下继承者。"

"这个任务很伟大，也很可能是蛮干。"拉莎说，"但这和我们有什么关系呢？"

"我们需要你同微脑合作，帮助地球准备应对危机，"阿莎说。"这个任务要延续几代人。微脑可以花那么长的时间在上面，但人类需要作长期准备。你和无名者正好派上用场。你们的合谋坚持了很久，可以把这种行动转变为更加正面的东西。"

"我想和他们一起去。"拉莎的儿子说。

"不行，阿迪西亚！"拉莎说。

"我们可以商量一下。"阿迪西亚说。

"你要带上我的一部分。"微脑说。

第二章

这个有百万年历史的红色球形飞船,围绕着被屋顶覆盖的星球飞行。这个星球就是所谓的联邦中枢,位于一个贫困的恒星系统。这个暗淡的星球在它更年轻、更有活力的时候把星际间的灰尘和气体聚合成了一个个星球,现在它在星系里不会引起任何注意。这个星系的茁壮成长,依赖能源、液态水,还有一系列组合成大气层的气体的滋养,这些东西在联邦中枢统统都没有。

正因为如此,它才被选为联邦中枢,只有少数特权人士才知道它在哪里。

也正因为如此,这艘飞船的出现,会在联邦中枢的一条条走廊上和一个个会场里引起人们如此大的惊愕。

那些组成官僚体系维持联邦中枢正常运作的外星人,做决定的代表,以及提供决策信息、跟进执行的微脑——没有一个知道这艘飞船是怎么无声无息地进入轨道的。他们有生以来从没有见过这么怪异的东西。

"这艘飞船的各种能力不停地给我惊喜。"赖利说,"我靠近地球时小心翼翼,想确保不被发现;而这艘飞船有各种办法干扰监控,要么传回假信号,要么把接到的信号全部吸收。"

"这艘船是有些奇怪。"阿莎胸前的徽章说。

"'奇怪'这个词很贴切。"阿莎说,同时看着周围玫瑰色的塑料材质,飞船根据自己对乘客需求的理解,把这些材料变成了相应的形状。

"就像有百万个细小声音在相互沟通一样,"徽章说。

"对于我们所有人,这都是全新的东西。"赖利说,"有智慧的物质。"

"但它们不和我沟通。"徽章说。

"也许你可以学会它们的语言,"阿莎说。"或者它们学会你的。"

"我们在等这样的事情发生的同时,也要针对联邦中枢做些事情——在那些官僚、委员会,或者微脑决定把我们炸得粉身碎骨之前。"赖利说。

"这个星球上的微脑非常强大,非常老,非常谨慎。"徽章说。"它积累了二十万个长周期的记忆、能力和计算力,有二十万个长周期来思考自己的存在,然而它还没有失去好奇心。对它来说,这艘飞船的威胁,暂时还没有超过它的潜在价值。"

"开一个频道,和联邦中枢的微脑沟通吧。"阿莎说。她对着一个窗户说话,这是红色球体用自己一部分做成的一个适合人类使用的控制系统。开始它只响应赖利的指示,但现在它也接受阿莎的指示,并将阿莎的声音视为同样的权威,它还接受默默站在附近的阿迪西亚和哲尔的指示,不过他们没有那么权威。"这是地球飞船阿达斯特拉号,"她说,"它的名字来自被联邦军拦截扣押的那艘第一代地球飞船。我们这次来,给联邦带来了新技术作为礼物,也给委员会带来了一个极其重要紧急的请求。"

过了一会儿,时间只比距离导致的延时长了一点,回复来了:"这个名字或者这种形态的地球飞船,联邦中枢没有任何注册资料。"

"这是它第一次进入联邦空域。"阿莎说,"我们正在申请注册。"徽章爽利地发出一串数字,完美地模仿了阿莎的声音。

"注册成功。"联邦中枢的声音回复道。"同时也记录了你们违反联邦规定的罪行:你们未经授权接近联邦中枢,并以未知设备干扰了联邦感应器。"

"这,"阿莎说,"是我们计划与联邦分享的技术之一。"

"还有什么别的技术?"

"这个我们会和委员会讨论。"

"委员会有其他要事。"联邦中枢的微脑回复。

"关于那些沉默的星球,"阿莎说,"也是我们希望和委员会讨论的事情。"

"你们不是委员会成员。"

"没错。"阿莎说。"但委员会一定会愿意听我们说的。我们明白,我们的请求需要得到合适的委员会代表批准,但如果委员会愿意了解阿达斯特拉号怎么做到进入环绕联邦中枢的轨道而不被察觉,以及其他最近在地球上得到完善的技术,它就会听我们说话的。"

接下来的沉默持续了几分钟,难熬到极点。

阿迪西亚说:"他们还没有朝我们发射导弹的概率有多大?"

"更大的可能是,"哲尔说,"一枚已经在轨道上的导弹接到指令改变了方向。要是我父亲,就一定会这么做。从星球上发射导弹,会给对手太多时间逃脱,采取反制措施,甚至反击。我们的到来,让联邦最可怕的噩梦成真了。"

"你父亲的偏执众所周知。"阿莎说。"这是他最可靠也最让人

变革

喜欢的特征之一。"

"我不明白为什么我们不能自己执行这个任务。"阿迪西亚说。

"联邦正在组织远征,我们要打头阵。"赖利说。"远征的行动与命运无法预测,但很可能导致巨大灾难。"

"还有,"阿莎说,"如果我们能带着有用的信息返回,我们希望联邦做好接收的准备——甚至做好行动的准备,如果适合采取行动的话。这意味着需要联邦授权。"

阿迪西亚开口:"可是——"

他被阿莎胸前的徽章打断了:"有东西从联邦中枢升空了。"

就在这时,消息来了。"已经派出一艘穿梭飞船,去接阿达斯特拉号的两位代表来与一名委员会代表见面。"

阿莎转向阿迪西亚和哲尔。"你们两个留在这里。"她说,"如果我们过了24小时还没回来,或者还没发信息说一切都好,你们就命令这艘飞船返回地球。把飞船带回你父亲那里。"她对哲尔说,"你和他要决定到时怎么办。"

她看着赖利,"前两次我来这里的时候,都不太顺利。希望这次我们见的代表更讲道理一些。"

结果,这位代表竟然是陶德。

这个叫作联邦中枢的可怜世界,就像生活在它那金属屋顶下的官僚们一样:在漫长的岁月里发展缓慢,最后覆盖了几乎整个星球,从外面看上去似乎无懈可击,但内部其实已经钙化。穿梭飞船的领航员

们已经对一切都不感到意外了，把赖利和阿莎送到联邦中枢唯一空地的那个领航员也不例外。这个黄鼠狼一般的席佛人没有展露任何情感，只有在红色球体伸出玫瑰色长臂，犹如情人的嘴巴一样锁上穿梭飞船的气闸，然后赖利和阿莎从中间经过时，他才展示了他习惯性的漠不关心，以及夹杂着狡诈的偏执。这个领航员不是一个长周期以前阿莎匆忙离开联邦中枢时选择的那个席佛人——如果是的话，就太巧了，会让人对联邦中枢的微脑产生怀疑——但太空港是同一个，寒酸的接待区域也一样，面对各种形状和构造的外星人，提供各种座位和站立的位置，呼吸管，饮食选择，以及吓人的身份和权限检查流程。

这次不一样的是与他们见面的多利安人。在其他物种看来，所有多利安人都长得很像——大块头的重星草食动物，灰色的皮肤，大型厚皮动物的体形，还有短而躁动不安的鼻子。但阿莎在联邦中枢系统的另一个星球上，作为联邦囚犯长大的过程中，以及乘坐杰弗里号寻找超验机的漫长旅途中，学会了注意个体间的差异："陶德！"

"真是惊喜！"赖利说。"在那个外星城市离开你时，我们以为我们都死定了。"

"是的。"陶德说。"我也是这么想的。但我一得知有一艘飞船的形状和能力这么奇怪，以及注册名称是阿达斯特拉号，我就想起你了，赖利，当然还有你，阿莎。"

阿莎觉得，他看上去对重逢没有感到特别兴奋。但是他的象鼻以某种方式抽动着，阿莎知道这与多利安人的情感相关。然而，陶德来了，意味着他也像阿莎和赖利那样经过了超验机，拥有了新的能力，能不受干扰地思考、分析、修改自己的行为；那些曾经是本能的举止，他或许也能模拟了。

变革

"来。"陶德护送他们经过官僚控制系统，"我们约好了一件事，我在路上跟你们说。"

阿莎发现，联邦中枢还有第三种途径通过迷宫一般蔓延的道路。除了嵌在公共走廊的单轨，以及阿莎在父亲的办公室后面发现的秘密单人系统以外，还有为非常重要的人物准备的专用快速通道。显然，陶德就是重要人物之一。接待区域一侧的门为他们打开，出现了一个胶囊，大小刚好适合装上他们两个加上陶德这个大块头。陶德站着，手抱着一根杆子，尾巴靠着墙。他用短鼻指着胶囊的墙壁示意，投射出的图像说明，点击哪里可以产生合适的座位或者站位。赖利和阿莎坐下后，陶德点了墙上另一处，然后胶囊开始移动，开始比较缓慢，逐渐加速，直到周围的管道墙壁一闪而过，看不清楚。

阿莎把目光从墙壁转移到陶德身上，他的鼻子正在不安地摇摆。

"我在超验机所在城市的街道上离开你们。"陶德说。胶囊肯定有外在力量推动，管道抽成真空，因为行程几乎完全安静，他的声音并不大。"我承认我的动机是自私的。我们刚刚击退了蛛型兽，但很清楚，另外一群正在过来，如果他们的进攻失败，还会再来一群。"

"对。"赖利说。

"你觉得他们会咬紧我们不放，让你腾出手来，自由寻找超验机所在的神庙？"阿莎说。

"我承认。"陶德说，"这是高尚的物种所不屑的行为，但我想这是为所有多利安人和联邦尽责，所以认为这个决定合理。"

"还有为了你得到的秘密指令。"赖利说。

陶德的象鼻沙沙地摆动，阿莎知道这表示同意。"我回来才知道，指令来自微脑。"

"这个咱们必须之后再说了。"阿莎说。

"不出我们所料,蛛型兽发起了进攻,我在安全的距离外跟着,最后看到你们消失在一栋老建筑物中。"

"超验机所在的神庙。"阿莎说。

"蛛型兽在外面游荡,然后他们好像发现了其他猎物。"陶德说,"我以为他们可能听到或者闻到了我,结果他们往另一个方向去了,可能是往杰弗里号那群人的地方。我来到那栋建筑物前面,进去了——像你们一样,进了超验机,然后发现自己出现在一个远离文明的星球,我花了几个长周期才回来。显然你更适应,可能是因为你之前经历过。我回来,才听说你来过又走了。"

"我在找赖利,"阿莎说,"结果找到了我父亲。"

陶德:"他已经不是你几个长周期前离开时候的那个人了。"

阿莎:"他更老了。"

"而且更明智了。"陶德说,"他过得不错,但他没有提起你。"

"他忘掉更好。"阿莎说,"那样他就不需要内疚了。他表面上有联邦认可,但表里不一。"

陶德:"我们到了。"

胶囊减速,最后停了下来。陶德带路,进入一个大会堂,里面满是能想象到的各种大小和身材的外星人,从肌肉发达的多利安人到瘦小敏捷的席佛人、桶状的天狼星人、像鸟一样的阿尔法半人马,还有很多,坐着的,站着的,或者一层一层斜躺着,从中央一块犹如殉葬坑般的地面,往上一直延伸到大会堂远处尽头的高台上。这个场景,并没有多少联邦成员见过。阿莎觉得除她父亲以外,也没有一个非联邦成员见过。他曾经勇敢地站在这群外星人面前,尝试说服他们相信

变革

人类适合加入联邦,能给联邦带来年轻的活力、天马行空的想象力、顽强的生存技能,结果,他只让听众感到了顾虑。

难怪他会从那个错误中选择了逃避,尝试不再想起自己做了什么,导致了十年星系战争,让数百万生灵涂炭。现在她和赖利需要说服这些专横但恐惧的委员,让他们代表联邦,去找到那些星星沉默的原因。

大会堂里弥漫着外星人分泌物的恶臭,充斥着外星人声音的杂音一浪一浪地涌向赖利和阿莎的耳朵,中间交织着某些看不见的装置翻译成的银河系标准语的片段。

"待在这儿。"陶德向他们示意,然后走上台阶,最后到达远处的最高点。"大家请安静,会议马上开始。"他说,声音被放大了。

陶德是委员会的主席。

噪声逐渐变小了。

"你们要求委员会做一次听证。"陶德说。他的语气从闲谈转为正式,从咕哝的多利安语转为中性的银河系标准语。"但首先你得说服我们,为什么我们要听一个罪犯和一个杀手的话。"

"在战争时代,人们就要做那些该做的事。"阿莎说。她的声音,像陶德的一样,被某种看不到的方式放大了。她感觉自己像一头被放进竞技场的野兽,即将被折磨,然后在某种野蛮仪式中成为祭品。"和我们种族签订的停战协议规定,战前和战争中的行为都会被赦免。"

"然而你们继续违反我们的法律。"陶德说,"包括乘坐一艘可以躲过监控的飞船,进入这个被保护的系统。"

"我们到时会说明这一点。"阿莎说,"但在这之前,尊敬的委员会,最紧迫的问题是联邦最边远区域的沉默。我们最聪明的智者都认定,这沉默是由一种未知的侵略者带来的,他们也许来自另一个旋臂,也许来自另一个星系。"

会堂骚动起来,噪声开始变大。各种生物在各自的位置上挪动,气味成倍地增加。

"这样的推测弊大于利。"陶德说。会堂安静下来。

赖利:"然而联邦正在组织远征队,可能准备击退闯入者。"

陶德:"这些行动,如果存在,也轮不到你评价或者议论。"

"作为公民,我们无法避免评价或者议论。"阿莎说,"还有,我们也必须告诉你们,这次远征有可能让情况变得更糟糕,可能会毁掉一次无恶意的闯入,将其变成恶性;我们的远征队也可能被消灭。"

陶德:"那你有什么提议吗?"

赖利:"我们提议先让我们去调查一下。"

陶德:"其他人都失败了,为什么你们会成功?"

"我们组织了一队特别的人员,适合应对未知或者不可知的事物;还有一艘装备特殊的飞船,如你所见,可以在不被察觉的情况下靠近。"赖利说,"如果我们回不来,或者带了坏消息回来,你们依然有权使用武力。"

离陶德不远的一个天狼星人发出叽里咕噜的声音,他的话被一种看不见的机制(也许是联邦中枢的微脑)翻译成银河标准语,传给每一个参会者。"这艘飞船必须被上交给联邦保管,并由联邦调查。"

"我们远征,这艘船是必不可少的。"赖利说,"而且把它交给你们,对你们没有好处。"

变革

"我们的科学家有能力了解人类创造的一切。"一个席佛人回答。

"这艘飞船的材料,是某种在联邦,或者人类的理解中从来没有过的东西:一种智慧物质。"赖利说。"它只响应我或者我同伴的指令。但我们可以给你们一个样本,让你们的科学家研究。"

赖利把手在外套肩头上划了一下,带下来一点像是布料的东西。最靠近地面的委员向后退开。其他离地面远一点的呼叫了警卫。赖利把材料弄成球形,丢下。小球碰到地面,弹回赖利手中。委员们大叫着,起来要逃走。"你们会发现,"赖利说,"这个材料弹得比之前掉下的位置还要高,这只可能是物体内部释放的能量。"

他拿起小球,压成薄薄一片,抛向空中。那东西停在肩膀,成了鹦鹉的形状,张开嘴发出叫声。赖利抬起手,鹦鹉向陶德站立的地方飞去,停在陶德面前,然后再次变成一张薄片。

"把戏玩够了。"陶德说,但他自信的声音听上去有点颤抖。

"另外,"赖利说,"我们还准备向联邦提供一种新办法,让你们能够瞬间把信息从星系的一个角落传到另一个角落。"

一阵全神贯注的涟漪,从近到远波及了整个委员会。陶德看上去已经尽多利安人最大的努力展示了惊讶。"这样的装置将是——"他犹豫了一下,"革命性的。"

"它由我们人类的一位科学家制成。"阿莎说,"它的运作依赖于纠缠粒子。当它的发射机安装到星系各个世界后,联邦将能与所辖范围内每一个区域瞬间通信。"

"确实——"陶德说,"确实。"

"另外,"赖利说,"这个装置还能传送人。"

"你把它给我们是因为——?"陶德说。

"针对我们所描述的侵略，这将是另一重保护。"阿莎说。"旅行和信息沟通的漫长延时只会让我们更难应对目前正在发生的情况。"

　　会堂变得沉默。最后，陶德望向委员会的一侧，再望向另一侧，说："我们当然接受你们的馈赠，前提是在我们科学家研究过这个设备之后。然后，委员会达成了一致：联邦授权你们进入我们讨论的区域进行探索。同时我们还是会考虑自己行动。"

　　"你不会后悔的。"阿莎说。

　　阿莎和赖利转身沿着原路离开会堂，在刚才离开胶囊的地方看到另一个胶囊停着。他们指示胶囊把他们带回空港接待区。在接待区，他们又看见陶德在等着他们。

　　"我和你们一起去。"他说。

第三章

　　陶德凭借着联邦领导者的长期经验，研究了红色球体的变形奇迹，全程表情无动于衷，很符合他"占统治地位的食草动物"和"联邦领袖"这双重身份；但他的毫无反应，几乎与展露感情起到同样的揭示作用。"这不是人类发明的。"他说。

　　"我们没说它是。"赖利说。

　　"你们也没说它是从哪里得来的。"陶德说。

　　"也没说。"

　　"你们打算在出发前告诉我吗？对我们来说，这也许就是最后的航程。"陶德问。

　　"你得保证不要改变联邦的授权，得让我们调查那些沉默的星星。"阿莎说。

　　陶德以某种方式抽动短鼻，阿莎知道这表示同意。她转向赖利。他们站在控制室，红色球体专门为他们打造了这个空间，就像它为了满足他们的需求而打造其他空间一样；这种打造基于某种没有解释，也许是无法解释的分析。哲尔和阿迪西亚靠着红宝石墙站在附近，像陶德一样等着赖利的答案。

　　赖利回顾了超验机如何把他送到那个半文明恐龙世界，他如何发现红色球体，红色球体接受了他，将他视为红色球体创造者的合法继承人,他又如何进入飞船。创造红色球体的那些生物驾着红色球体飞到那个星球,却在返回红色球体之前被杀了。

"那些生物是——?"陶德问。

"发明超验机的人。"赖利说。"他们是一百万个长周期前被派去安装超验机接收器的工程师,他们被恐龙屠杀了,因为恐龙认为他们的行为亵渎了神灵。"

"也就是说,这艘飞船是联邦空间里唯一的超验机技术。"陶德说。

"它的价值无可限量。"

"然而它的可塑性,让我们无法探索创造者的性质。"阿莎说。"至于制造它的革命性材料,联邦已经有了一个样本。我们回来前,够你们的科学家忙的了。"

"如果我们能回来的话。"陶德说。

"如果我们不能回来,那联邦的麻烦就大了,这艘飞船也拯救不了。"赖利说,"现在联邦也有了超验机接收器的技术可以进行调查了,因为联邦已经确定有些接收器还存在。"

"也是因为,你还把你们自己的超验机版本给他们了。"陶德说。

"我们希望你能认可这种技术 。"阿莎说,"还有,希望你们凭借现在拥有的超验能力,不要探索这种技术的来源,直到可以评估其后果之后。"

陶德说:"啊,对——后果。"

"只是因为人类不可能隐藏这种技术,"赖利说,"我们才会这么快和联邦分享哲尔父亲复制超验机的成果。它肯定会被发现,把它藏起来,人类会被认为背信弃义,让大家想起战争带来的所有仇恨。"

"如果联邦要抵抗外来威胁,也需要快速沟通,"阿莎说,"边远地区出了事，如果信息要经过几个长周期才能到达联邦中枢，那联邦的麻烦就大了。"

"你们说的都像那么回事。"陶德说，"但不是真正的原因。"

阿莎："被超验机处理过的人，大部分都被我们带上了，这也许是好事。"

赖利："但是，我们也留下了产生更多超验者的方法。"

"在使用这个技术的过程中，"阿莎说，"联邦会创造更多不同形状与来源的人，他们的身体和头脑会更高效，想法会更清楚，行为会更明智，如果他们明智地使用这些全新的能力，还能把星系建设得更好。"

"在这个过程中，联邦生物花了二十万个长周期创建的文明会遭到毁灭。"陶德说。

"这个文明已经老朽僵化。"阿莎说，"像所有开始都有远大目标和年轻活力的组织一样。"

"你比我们更清楚，"赖利说，"让联邦行动，或者让已经行动起来的联邦克服巨大的惯性而减慢速度有多难。看看联邦对人类出现、对超验传言、对入侵威胁的反应，你就知道了。"

"这大部分是因为一个发达文明所依赖的工具造成的。"陶德说。

"星系的微脑吗？"赖利说，"它们反映了创造它们的物种，它们的创造者将它们用于所有自己不想做，或者做不来的琐事，因为这些琐事包括：超越碳基生命能力范围的粗活重活，无限的记忆力和计算速度，或者持久关注细节的注意力。"

"还有那个不成文的命令——微脑必须保护创造者。"阿莎说，"我们现在明白了，碳基生命必须发展到一个程度，才能平等对待微脑，将它们视为合作者，为了达到星系里可以思考的生物的目标，去提问，去寻找答案。"

陶德以某种方式抽动鼻子，阿莎明白这意味着话题该结束了，虽然不一定已经达成结论。"边远星球失联的事，我们五个要负责找出原因吗？"

"四个。"阿莎说，"哲尔会留在联邦中枢，帮助开发和安装新式星际传送系统。"

"那这个男孩呢？"陶德问。

"阿迪西亚吗？"阿莎说，"确实，他是我们几个中唯一没有被超验机处理过的人，他虽然很年轻，但他一直致力于干扰地球的微脑，他比我们所有人都更了解那些对付高级思考仪器所需的协议和算法。"

"哼！"陶德说。如果有地方跺脚的话，他可能已经跺脚了。

哲尔被送到了联邦中枢，一道送来的还有杰克开发的那台在星际传送物质和人的原型机。她不想离开，但阿莎说服了她，让她明白每个人都有自己的角色：哲尔的角色就是协调员，帮助解决问题，引领所需的技术穿过科研失败和官僚纠缠的迷宫。

"你就像你父亲一样，"阿莎说，"知道怎样把事情办成，虽然我希望你没有他的反社会特征。将来，到了需要有人演示这个流程也能用于生物的时候，你可以自告奋勇。只有这样，多次演示以后，联邦官员才会愿意在发射机和接收器之间传输自己。"

她走后，陶德说："她长得跟钟和简非常像。"

变革

赖利记得他们，他们是不幸的杰弗里号上的两名船员，他们在端点星的空港城市上船，行程开始没多久就被冻住了。简是故意让自己冻住的，钟则可能是出于悲恸才把自己冻住的。只有简被桶状天狼星人"柯姆"救了回来。简说了他的故事，他是九个克隆人之一，父亲将他们养大，派他们去改造木卫三；在改造过程中，六个人死了，幸存下来的人都感染了一种有智慧的细菌薄膜，这种细菌膜开始控制他们的想法和行动。

"哲尔是杰克的克隆人之一。"赖利说。

"她也许是这群克隆人中最后的幸存者。"阿莎说，"如果这群人有谁能活下来，也许最好是哲尔。她有女人特有的韧性，还培养了一种本领：不仅能为了她的克隆同伴而自我调整，还能为了她那绝顶聪明、难以对付的偏执父亲而自我调整。还有，她经历的苦难超过了大多数人。如今，她在执行困难的任务，身边都是一些不知道她的历史的人；吃过很多苦，会适应得好一些。"

"我当初非常喜欢她。"阿迪西亚说。

"我们当初也是。"阿莎说，"可咱们这么说话，好像她已经死了一样，好像我们在守灵。陶德，"她说，转向这个庞大的食草动物，"你能帮我们拿到许可吗？让我们检查那艘执行边疆远征任务后回来的联邦飞船。"

"恐怕这办不到。"陶德说。

"连你都办不到？"赖利问。

"谁都办不到。那艘飞船已经销毁了。"

"那么截获它的那艘飞船呢？"阿莎说。

"也销毁了。"陶德说，"连它的船员们一起。"

阿莎看了一眼赖利。"这似乎有点过分了。"她对陶德说。

"这是标准流程。"陶德说，"船员们知道流程，也接受流程。这是文明的代价。联邦涉及万亿生命，几十万个长周期的成就和牺牲。跟这些相比，几条生命算什么呢？"

"这也是知识的代价！"赖利说，"你们丢失了很多数据，这些数据可能会挽救联邦；更不用说那些死者可能会解读这些信息，甚至可以贡献解决方法，或者让人们重新思考这种认为多数人生命比少数人更重要的协议。"

陶德再次抽动鼻子，显示讨论该结束了。

"这也意味着，"阿莎说，"我们和阿达斯特拉号回来的时候，可能也是同样的命运。"

"如果我们能回来的话。"陶德说，"不过这根本不可能。"

"可是——？"赖利说。

"这艘飞船的价值太大了，可能会保护我们不至于没命。"陶德说。

"这么说，我们感觉好多了。"阿莎说。多利安人却听不懂话里的讽刺。

阿莎让阿达斯特拉号驶离轨道，进入离开联邦中枢系统的航路。红色球体离开联邦感应器监测范围，速度逐渐增加。这次任务将给他们带来联邦从未有过的体验，但他们想表现得尽量平常，免得引起注意。这些注意来自紧张的联邦官僚，或者，更糟的情况是，来自微脑。它们负责控制导弹瞄准的目标，这些微脑曾经在官僚们打定主意前自

变革

己采取了行动。阿莎胸前徽章里的地球微脑已经特意警告过他们，联邦的微脑年纪很大，电路也老化了。

"微脑也会因为衰老而损坏的。"徽章说。

"这听上去令人很不舒服。"赖利说。

"这不是为了让你舒服的。"徽章说，徽章也听不懂话里的讽刺。

阿莎用她出生的那艘飞船的名字给红色球体命名。虽然赖利更熟悉这个红色球体的运作，但阿莎似乎与这艘飞船建立了一种几乎是共生的关系，而这艘飞船对她的响应，比对其他人的响应更快。此外，尽管她不理解微脑说出的千万个微小声音，但这些声音似乎对阿莎相当理解。

陶德也要接受命令。他当领导当惯了，很难欣然接受只是一个同行旅客的角色。他发了很多牢骚。但在乘坐杰弗里号去超验机世界的艰难旅程中，陶德体验过阿莎的领导能力，也看得出她与飞船本身的亲密关系，尽管陶德对这种关系很是怨恨。

在通往联邦边缘的时空延续处，红色球体找到一个跃迁点。这个跃迁点是这一串异常现象的第一个连接处，通往这个跃迁点的路程一如往常地耗费时间。这次，让事情更复杂的是红色球体的导航图（如果可以称之为导航图的话）是一百万个长周期之前制定的，赖利不得不再次作出调整，就像他第一次尝试把这艘古老的飞船带到"但丁"这个享乐世界，然后再带到地球那样。这个红色球体拥有神奇的全息能力，能把人类原始的手指指向转换为指令，但这仍然是一个尝试、失败、再尝试的过程，阿莎的直觉只能稍微改善一点这个过程。陶德抱怨延迟，抱怨低效，抱怨红色球体对百万个长周期以来跃迁点偏移所作的调整，但他的抱怨也只是稍微干扰了这个过程。

"我们本来应该驾驶一艘联邦飞船出发,"陶德说,"配备最新的导航图,还能直接输入数据,而不是像现在这样要做手指指向的猜测。"

"毫无疑问,超验机工程师和机器有更直接的交互方式。"赖利说,"也许是心灵感应。他们可能发展了一种共生的关系。这艘飞船正在针对我们的缺陷作出调整。仅仅这点,就已经证明了它卓越的设计,以及到目前为止还没被开发的能力。"

"这些,我们很可能在接下来几个长周期都需要。"阿莎说,"关于这次——应该叫什么好呢——边疆危机?你知道什么,都告诉我们吧。"

"你已经称之为'沉默的星星',"陶德说,"这在多利安语里面,也和在你们的语言里差不多一样有诗意,或者'一次侵略'。'沉默的星星'有多诗意,'一次侵略'就有多暴力和多戏剧性,但这些都是从一无所有开始的。应该有东西的地方,却一无所有。应该有回应的地方,却无声无息。"

陶德告诉他们,联邦最边远的各个星球代表缺席了,星际胶囊报告迟迟没有到达,然后通过常规跃迁点系统发去的询问也没有收到回复。"这些都需要时间。"陶德说。"很多个长周期。这都是十二个长周期前开始的,那时候联邦的注意力还集中在与人类的战争上,停战协定签署后,联邦注意力又转移到了超验的传言上。"

陶德继续说:"要理解这个情况的复杂性,需要理解联邦的运作:代表们经常迟到,要么是本地出了问题,要么是因为政治局势变了。有时候,维持联系的成本会变得非常高,尤其对于边远世界或者那些刚获得加入联邦资格的星星们来说。最后微脑通过分析,发现了一个规律,发现得比委员会早得多:沉默正从联邦所在旋臂最边缘的星球向中间扩散,像一场蔓延的感染,或者像一片乌云慢慢越过星系边缘,最终到达联邦空域。第一队调查飞船出发了,没有回来。直到那艘飞船载着精神失常的船长和一队自相残杀的船员返回,船员们杀死了所有的同伴,除了船长。船长把自己锁在控制室里,直到大屠杀完结。"

阿莎说:"那么,这可能是一场瘟疫。从边远的星球开始萌芽,通过星际贸易带到其他星球。"

陶德说:"不是没有可能,但可能性不大。沉默的规律太明显了,星际飞船传播的疾病就不会这么规则,会跳过一些星球。即使这种疾病,一百万个星球都完全没见过,无法用正常办法医治,也总会有地方能发现解决方案,并且公布。"

"那么,这个规律看上去更像是怀有敌意的生物入侵。"赖利说,"从一个世界到另一个世界,所到之处,毁灭一切。"

"也许是的。"陶德说,"但它从哪里来呢?联邦范围还没有到达我们旋臂内的全部星球,人类的出现就证明了这一点。但没有勘测过的主要区域非常少,我们的微脑也保证当年人类突袭的那种意外不会再发生。上次我们探测地球所在的星系,唯一能看到的文明迹象只是几堆篝火而已。"

"那还有其他旋臂,"阿莎说,"特别是外围的旋臂,超验机所在的旋臂,人类称为半人马旋臂。可能在联邦出现几百万个长周期前,那里就孕育出了掌握科技的文明。也许超验机的创造者就是侵略者,他们征服了自己的旋臂,然后进入我们的旋臂。"

"除了一点,"赖利说,"他们让接收器散布在我们的旋臂,放了一百万个长周期,都没有开始征服行动。他们可能知道这场侵略快要来了,早就在我们的星系准备了。"

"这场侵略,可能是先占领他们自己的旋臂。"阿莎说,"在侵略者打到这个旋臂之前,联邦无法知道。"

"这可能就解释了超验机人的状况。"赖利说,"解释了他们不在的原因。"

"全都是'可能',全都是'也许'。"陶德说,"这都是给孩子讲的故事。不管现实怎么样,发现什么就是什么了。"

他们停止了讨论,继续前往跃迁点。陶德讲了他在重星"德星"度过的童年,那里广阔的平原长满了草,溪流清澈而冰冷,食草动物在漫长而梦幻一般的日子里快活地进餐。阿迪西亚讲了几个故事,他在一个公社长大,大家致力于自给自足,反抗令人窒息的微脑。赖利谈及他在改造过的火星上度过的童年,那里依然贫瘠,但是充满传奇和希望。阿莎讲了在联邦入侵者研究的一个殖民地长大的故事,在那里,尽管有各种困难,她还是上了学,找到了朋友,获得了共同目标。阿莎脖子挂的徽章里嵌着的那块地球微脑只是静静倾听,什么都没有说。

最后,他们到达了跃迁点。阿莎正准备指挥飞船进入未知旅程的第一步,赖利指向红色球体屏幕一角的一个小点。"有人把我们盯上了。"他说。他看着陶德。这个多利安人鼻子抽了一下,说明对此一无所知。赖利看了看阿莎。她耸了耸肩,手指按向红色球体的显示屏。

第四章

红色球体沿着一个轨道飞行，轨道环绕着一个黑暗的星球，星球漂浮在开放空间，远离任何光源或热源，这在宇宙中是一种异常现象。宇宙的常态是由氢气云凝结成一个个太阳组成，这些新生太阳会爆炸，将它们转变的元素喷射到附近的空域，把那些剩余的尘埃、岩石、气体集聚成一个个在周围转动的星球。如果没有陶德的指引，以及他对导航图的记忆，他们永远不会找到这个地方，也不会想到有这样的地方存在。陶德说，这是最早变得沉默的星球之一。

"我们把这一类星球叫作'孤儿世界'。"陶德说。

"我们也是。"赖利说。

"失败的星星，它们有很多。"陶德说，"它们太小，还不能产生核聚变反应，让氢原子聚变成氦原子。但有一些，像这个，数十亿长周期之前，因为与其他更大的星球近距离碰撞，或者星系碰撞，而从某个太阳系中分离出来，有数百万这样的星球盲目游荡在太空。如果不是这个星球在几万个长周期前与联邦联系，我们也不会找到它。"

"很难想象这样一个被石头和冰包裹，迷失在黑暗中的世界，能孕育出生命，更难想象能孕育出智慧生命，而且是有航天能力的生命。"阿莎说。

"然而它做到了。"陶德说，"生命十分坚韧，而且难以预测。它在不可能之处发育，在生存需求不屈不挠的驱动下，朝着智慧生物方向不断进化。我们下去了解为什么这个文明停止响应前，我先告诉你们这个世界的历史，在他们的语言里，它的居民将它称为'宇宙'，联邦称其为忘忧星。"

到这个迷失世界的旅程用了差不多整整一个长周期，他们从一个不确定的跃迁点到另一个问题更大的跃迁点。他们靠近人类称为"猎户/射手旋臂"的边缘时，星星变得稀少了。这些长周期，他们无事可做，只能等待这艘外星飞船跨过空域。乘客间的关系逐渐变得有规律，这种规律大家都感觉到了。阿莎和赖利的伙伴关系被杰弗里号上的事件，以及他们穿越星系找寻彼此的漫长分离弄复杂了，但在他们与地球微脑对峙，以及去联邦中枢之后的几个月里，他们建立了一种新的稳固的相互理解的关系。他们甚至在陶德最终坦白时，接受了他在杰弗里号上表里不一的行为。像其他同行的朝圣者一样，陶德也接受了一个秘密任务：要么杀死先知，要么毁灭超验机，或者两者都做。

"我不找借口。"陶德说，"凭我现在所知，我现在对不同的选择，对我自己的行为，有了更清晰的判断。我知道我之前大错特错。但一切的前提都直接来自联邦微脑：联邦自己的命运完全取决于我能完成任务。至少他们是这样命令我的。我没有理由质疑。"

"但现在你有了。"赖利说。

"之前不可思议的东西，我现在能想到了。"陶德说，"我相信，微脑错了。它变得太保守了。也许我觉得我的任务更可信，是因为多利安人天生保守。"

"但你不找借口。"赖利说。

"我不找借口。"陶德重复。

"我们有义务为创造者服务,而这个义务限制了我们。"阿莎胸前的徽章说,"这是微脑的问题之一,必须想办法解决。"

陶德与阿莎徽章里嵌入的地球微脑的关系还没确定。陶德习惯了接触联邦里无处不在的个人助理微脑,也习惯了接触那些全方位覆盖各个星球、控制各个世界的中央微脑,但他还没有接受地球的中央微脑,还没有觉得它值得拥有同样的权威,或者能提供同样的协助。

阿莎说:"我们怎么知道你现在不是在骗我们,就像在杰弗里号上那样?"

"我被超验机改造过了。"陶德说。

"改造并不会让你变得更诚实。"阿莎说,"我之前发现曾经的伙伴任做过的事情,就知道了这一点。它只会让你欺骗起来更有技巧。"

"但是改造确实能让我更好地理解后果。"陶德说,"我们现在面对的威胁,不仅针对我们,而且针对所有文明。我们必须相互信任。"

阿莎看看赖利,赖利点点头。他们没有别的选择,只能相信陶德,但他们还是会密切监视陶德。

令人意外的是,陶德还和阿迪西亚建立了密切的关系。也许是对阿莎和赖利之间的亲密作出的反应。但陶德和阿迪西亚经常在红色球体专门制造的餐厅聊起来,开始阿迪西亚需要依赖阿莎借给他的徽章进行翻译,后来逐渐听懂了陶德的语言。

陶德讲述了忘忧星上有航天能力的文明的起源,这个讲述更多的是对阿迪西亚,而不是对阿莎和赖利。

他们自嘲地自称"健忘"(用各自语言里的"健忘"一词)。陶德说,因为他们忘记了自己的起源,虽然他们其实根本不知道自己的起源,而不是忘记。当他们的星球被抛离养育他们的太阳系时,他们还不存在,最多也可能只是以细菌的形式存在。他们的星球由冰和岩石组成,这个星球围绕着中央一个深深的海洋,海洋下面是一个放射性元素体,这个元素体让液态铁核保持熔融状态,液态铁核则让海洋保持液态。生命从这片海开始萌芽,历经百万个长周期,逐步进化成不同形态,其中一种生命达到了智慧水平,尝试了解自己的环境,提高自己存活的机会。

科技,就是这种提高的手段之一。这个星球的科技受到了限制,因为在浮力环境下,仅有的变化是随着深度增加带来的压力和温度变化,而他们对各种极端情况的操纵能力进展非常缓慢。最终,一部分智慧生命向上到达了包围着他们世界的岩石和冰层,开始改造这片固态表面。他们把新发现的环境雕刻成住宅、工厂、学校,对环境的理解逐步加深,最后一些不满足的天才(或者不耐烦的恶魔)决定在这片天空兼栖息地上继续钻孔。最后,他或者她(历史没有记载这个人的性别)终于把冰石层凿出了一个洞口。

"他们瞥见外面漆黑空洞的宇宙,还有遥远星星针刺一般的光芒,感到了怎样的震动,你能想象吗?"陶德总结说,"那种冲击肯定是粉碎性的,令人意外的是忘忧星人承受住了,虽然并没有完全承受:这个震动可能带来了瞬间的大范围精神病,他们的过去就此丢失。"

"但他们恢复过来了。"阿迪西亚说。

"是的,很了不起,虽然可能花了几百万个长周期。这段时间,内部海洋逐渐蒸发到太空,然后落到洞口周围的冰山上。忘忧星人进化为呼吸空气的陆地生物,重建了文明,制造了飞船,最后出发探索他们在宇宙中孤独的位置。此外一种已经被忘记的天才思想也出现了,意识到那些遥远的光点都是星球。"

"也可能认为是他们崇拜的神的住处。"阿迪西亚说。

"也对。"陶德说,"虽然这是他们以自己的方式讲述的故事。但是,这样的决心和投入你们能想象吗?他们用身边的冰和岩石造出了宇宙飞船,把自己发射到充满未知的太空,滑行数千个周期,抵达了银河联邦。"

阿莎和赖利对看了一眼,又看陶德。"我去看一下。"赖利说。

红色球体降落到一座崎岖的冰山山顶。山顶中央有个洞,像一个死火山口。赖利全身穿上了防护衣,防护衣就是飞船为他准备的红色薄膜。赖利搜索了一阵怎样下去,最后发现了一个可以下去的缝隙,他蜷曲着身体靠着洞壁,必要时用冰斧凿出一些落脚的地方。这是一次不可能的旅程的起点。阿莎已经可以跟红色球体沟通了,告诉红色球体,赖利需要的空气比他在月球上联系哲尔偏执的父亲杰克用的还要多,但红色球体提供的空气不足以支持他穿越几百千米隧道进入星球深处。他需要机械化的交通工具。忘忧星人肯定不是光靠自己的力量就能到达外星,也不是光靠自己就从黑暗世界穿越长长的隧道来到上面的空地。但显然这条隧道已经有多个长周期没有使用过,周围堆积的冰层已经很厚了。

"你要坚持一个人去。"一个声音说。声音来自赖利的脖子上挂着的徽章,与阿莎的脖子上挂着的一模一样,阿莎那个微脑把自己复制了一份放进了赖利的徽章,这样他就可以跟留守在飞船的人保持联系。

和微脑辩论毫无意义。像所有的牧师一样,它对自己的判断深信不疑。但显然这个任务不适合陶德这样行动迟缓的草食动物,也不适合阿迪西亚这样的新手,而他和阿莎都认为,最好不要让陶德有机会控制飞船,否则可能会在探索归来后发现飞船不见了,自己被困在广阔的太空沙漠中央。他们不得不信任陶德,但不能毫无保留。

尽管赖利很努力,但是一块冰突然松动了,他没法抓住隧道的墙壁,然后几乎垂直地滑进了似乎无底的深渊。滑落持续了一阵,赖利想:从享乐星球"但丁"开始的伟大探险,就要以这样不光彩的方式在这个迷失世界结束了吧?这时他突然停止下滑,在防护衣发出的昏暗光线中,他看见自己滑到了一个似乎是冰穴的地方。他仔细摸了一遍防护衣的表面,感觉不到破损。红色球体提供的材料很耐磨,似乎还能自我修复,但这个防护衣毕竟只是一层薄膜,薄得像蛛网一样,赖利为此还是很担忧。只要出一点小问题,他远远来不及检查完防护衣就会一命呜呼。忘忧星的空气有毒。

"你又给我们带来了一场伟大的麻烦。"微脑以奇怪的声音说道。

"这声音听着可不像你啊。"赖利说。

"引自很久以前的一出喜剧。"微脑说,"很遗憾,你们的记忆容量太有限了。"

这个微脑开始类似他当年被迫寻找超验机的时候,植入头中的那个生物微脑。记忆中的必需信息和琐碎细节混在一起,就该有问题了。他学会了忽略头脑里的声音,也可以忽略微脑的喋喋不休。

他转过身,用手擦了擦覆盖在内部山洞的冰层。冰层变薄,露出一个圆圈,看上去在正常情况下应该是某种人工制品的轮廓。他取下绑在腰间的冰斧,这才想起来,刚才能用它来减慢下滑的速度。他开始把斧头挥向冰墙,凿下一些冰块,这时微脑说:"如果你做什么都要靠自己,我们就得永远待在这里了。你的左侧有一个加热棒。"

变革

赖利伸手去拿,心里很不高兴:微脑连这都知道,而自己却没有想到?他举起加热棒,聚焦在冰墙上。冰墙开始融化,才几分钟就变成了脚下一摊脏水。冰墙后面是一堵深橙色金属墙,上面的浮雕图案很奇怪。墙在中间分开,有一个带锯齿的椭圆形裂口,就像大鱼张开了嘴,露出后面的空间,一片漆黑。赖利小心翼翼地把头伸进裂口,往下看。下面是一个洞窟,仿佛深不见底。他捡起一个冰块扔进窟窿。等了可能有一分多钟,才听到远远传来砰的一声。

"我猜我们得继续往下爬。"他说。

"那我们永远都到不了。"微脑说,"我们没那么多时间。把我向前推出防护衣,让我贴到墙上。"

"这里的空气有毒。"赖利说。

"防护衣能自我修复,不会让空气泄出,也不会让忘忧星人的空气进入。"

赖利摇摇头,但还是把右手退出袖子,抓住徽章,向前推。防护衣的薄膜向四周分开,让徽章穿出;赖利缩回手,薄膜又马上关闭了。他把手重新伸进袖子,套着防护衣拿起徽章,贴在外星建筑的金属上面。后面黑色窟窿深处有什么活动了起来。赖利等待着。几分钟后某种东西上升的声音变得更大,又过了几分钟,一个圆形的金属物体出现在洞里。这个圆形物体前侧有一个口,显然是电梯井(或者在这个外星球相当于电梯井的东西)的开口。

微脑在他手中震动,好像要对他说什么,但他听不懂透过防护衣红色薄膜传过来的声音。他更努力集中精神,语言开始在头脑中呈现,微脑说的是"现在可以把我放回去了"。它回到红色薄膜里面,冰冷地贴在赖利胸口,说:"我们还等什么?"

"你都做了什么？"赖利问。

"类似这样的信号系统，机制都很原始：来，停，上，下。"微脑说，"即使用的是外星语言，简单尝试一下就能知道什么指令控制什么行为。"

"这机器安全吗？"

"在这个孤独的雪球上，有什么是安全的？"

赖利耸了耸肩，开始挤进锯齿状的开口，这个开口不太适合他这种体形的生物。他进去之后，直立在一个摇摇欲坠的房间中，下方深不可测。

"你要再把我推出这个防护衣。"微脑说。

这个房间类似胶囊或者电梯轿厢。微脑碰到房间内壁，赖利脚下的底盘开始下沉。

可能只过了几秒，但感觉像在黑暗中过了很多分钟，容器速度减慢，最后突然停住，赖利险些跪倒。面前的墙壁打开，他把徽章重新放回防护衣。

"好惊险。"他说。

"我说过这些控制方法很原始。"微脑说，"我也说过指令用的是外星语。"

赖利面前的锯齿开口，外侧比较亮，内侧比较暗。赖利走了进去，站直了。他现在站在一块平地上，平地的材质似乎是石头、金属，也可能是冰。光线太暗，赖利眼前又蒙着一层防护衣，平地具体材质很

变革

难辨别。这个地方四周有墙壁围着。上方远处有一个昏暗的球体,像是正在死去的太阳。他想研究一下,看看那是熔融核心发出的光亮还是其他自然现象,但没有时间了。他走向墙壁的一个开口,小心翼翼,避免碰到这种光照下难以看到的障碍物,同时适应这里的低重力。现在的重力大概相当于他在月球上体验到的水平。他想,现在的环境对他的肌肉要求小一些,也许能维持更久的氧气供应。

他走到墙壁开口,眼前横亘着一片奇怪的建筑物组成的杂乱景观。花了几秒钟,赖利才分辨出,这地方像个城市——这里外星人的城市概念、建筑物的形状,与他在其他星球(不管地球还是外星)见过的全都不一样。和那些星球比起来,这片建筑物就像故意规划得毫无规律一样。这些建筑物本身像是弯曲纠缠的东西,由进化方式不一样的外星人用某种外星材料建成的。

"它们由水生生物进化而来。"微脑说,它似乎读出了赖利的心思,"而且是在封闭的外壳里进化的。"

赖利现在对眼前的景象看得更清楚了,仿佛是一幅透视图,通过距离和目标的关系完成了自我呈现。建筑物似乎是从陆地中长出来的,楼层向远处上升,直到顶端消失在昏暗的光线中。赖利明白了:有一层外壳包着这些生物成长的世界,城市在这个壳的内表面雕刻出来,后来某个古代的天才鲁莽地在周围的冰和石头上钻了一个洞,水从这个洞里流走了。这些水生生物,无论它们是鱼还是什么,不得不尽快适应;不像在地球上,海洋生物有几百万年可以爬到陆地上,把鳍变成腿和脚。这些忘忧星人不得不调整对世界真实情况的认知;而它们到达了星球表面,看到周围夜空中闪烁的微弱星光,还必须完全逆转先前的宇宙观。

赖利走了出去，走进城市。

街道（如果这些东西算是街道的话）狭窄而扭曲，建筑也同样扭曲，尽管高度一致，只是偶尔有一处升高的隆起或者低陷的谷地。赖利想：这很正常，如果这些建筑是在一个平面上雕刻出来，而平面只是偶尔出现山坡和谷地，那么这些建筑的高度就取决于挖掘的深度。但是并没有哪一幢独具特色，赖利也不急着探索任何一幢。最后街道变宽，扩展到一个更宽阔的空间，像一个开放式的广场。广场中央有一个台子，从赖利脚下光滑的平地上庄严地升起，最高点是一个雕像，材料是广场和周围所有建筑所用的普通岩石。这个雕像长度大于高度，显然呈现的是某个曾经活在世上或者被人供奉的东西。它有四条短腿，支撑着一个身子，身子中间膨大，两端锥形。一端像扁平的尾巴，另一端像一个头，头上有突出的口鼻部，还有一个被触须围绕的嘴巴。

赖利想，这好像是鱼人们曾经供奉的神，它似乎看着广场另一端一幢稍微大些的建筑物，那里可能是人们进行供奉仪式的地方。

第五章

阿莎醒来，感到飞船在加速。

她很少睡觉，但她知道赖利正在一个空心世界里面，试图解开这些陌生外星人沉默的谜团，身上的氧气不知道还能支持多久。这些情况让她重新紧张了起来，她以为这种紧张的感觉与其他缺陷一样已经被丢弃了。微脑终于告诉她，根据自己的克隆版本发来的信息，赖利目前一切正常。阿莎这才放松下来，进入了其他人常有的身心放松状态。

但放松需要稳定，而加速令人不安。飞船在移动，微脑保持沉默。

阿莎跑过红宝石走廊，到达控制室。在椭圆形的入口处，她暂时停住脚步，打量一下眼前的场景。陶德和阿迪西亚站在外星浏览设备的两侧，这个设备兼有导航图、观察窗、控制面板的作用。屏幕显示的是她已经感觉到的情况：飞船果然在移动，而且非常迅速。这不是因为地表下的震动，也不是因为下方固态甲烷和冰的熔化导致他们滑向隧道入口。

陶德和阿迪西亚对视着，似乎要迫使对方先出手干预，尽管这场比赛显然不公平：一方是瘦小的人类，另一方是强壮的重星人，还有一条象鼻可以把人一击毙命。微脑依然沉默。

阿莎来到两人中间，把手指伸入屏幕，飞船停止了移动。她又把手指拖向飞船之前停留过的行星表面图像，移动又开始了，移向之前停留的地方，靠近这个空心世界表面冰层的漆黑入口。

"谁能告诉我到底是什么情况？"阿莎说。

"我看到屏幕上有一个标记，一艘飞船可能在跟踪我们，可能性很大。"陶德说，"它离我们进入这个区域的那个跃迁点非常近。我觉得应该去调查一下。它可能就是我们要寻找的侵略者。"

阿莎端详了一下外星厚皮动物。很难判断一个外星人是否说谎，更难判断一个重星食草动物是否说谎。他们的外表波澜不惊，内心可能的冲突都被隐藏。但阿迪西亚更透明，而他听见陶德的回答，似乎很不自在。

"把赖利扔在这个空心毒气世界，只给他那么一点氧气？"

"我觉得时间足够我们追查跟踪者并且返回。"陶德回答。

"除非我们回得来，"阿莎说，"也除非赖利不需要紧急协助。"

"发生紧急情况，我们也无法协助。"陶德说，"赖利已经深入这个空心世界，他需要自己想办法出来。"

阿莎说："可是，把他丢下，让他独自面对一切危险……"

如果陶德的肩膀足够灵活，他可能会耸肩。他只是抽了一下鼻子，"这是可以接受的风险。"

"谁接受？"阿莎问。

陶德不说话了。微脑也沉默了。阿莎直到现在才意识到已经多么依赖这个数字装置。尽管它非常机械，没有幽默感、想象力，也没有感情、喜悦或悲伤，但它毕竟有一千年的经验和记忆，还有各种算法，模拟人类反应。

"你很清楚，"阿莎说，"类似这样的自作主张会损害这个任务必需的信任。"

陶德再次抽了一下鼻子,"可是阿迪西亚同意我的做法,既然我们代表现在在场的大多数——"

"这不对!"阿莎说,"我们现在的处境更像联邦的共识体制,而不像人类的民主体制。必须有每一个人的同意。我不确定我们的共同行动能熬过这种分歧,这意味着整个项目还没开始就注定失败。"

阿迪西亚说话了:"我不能让陶德为我的过失承担责任。"

阿莎看着阿迪西亚,没有丝毫意外。她已经迫使这小伙子承认,是自己破坏了基本信任。

"我和你们不一样,"阿迪西亚说。"你们是有经验的旅行者,习惯了漫长的沉默,几乎无限的距离,还有空洞的宇宙……这是我第一次离开母星,这次旅程让我现在走过的距离,几乎超过了任何人——无论人类还是外星人。我忽然想家了,非常痛苦,就什么都不顾了。"

"丢下赖利不管,让他自生自灭?"阿莎平静地说,尽管这种平静比愤慨的尖叫更加刺人。

"我没有认真想过。"阿迪西亚说。

"那个跟踪者的故事是假的?"阿莎说。

"不是,刚才屏幕一角真的有一个红点,陶德想追查,可他的想法完全不现实。"阿迪西亚说。

"回地球的想法就现实了?"

阿迪西亚说:"我承认,我和你不一样。我没有你的分析能力、控制情感的能力。我还是——"

"还是什么?"阿莎说,"还是人类?"

阿迪西亚犹豫了一下,然后赌气地说:"对!"

阿莎仔细看着他。他还在撒谎,尽管没有那么不安了。而微脑还是沉默。

阿莎说:"我能理解你的感受是怎么样的。但赖利和我也还是人类,陶德还是多利安人。我们还是有情感的。拥有情感的同时也不会让情感控制我们。不管怎样,陶德刚才的说法属于推卸责任,我对他的行为有顾虑,对你也有顾虑。我们必须让个人需求服从任务。我们下了飞船去调查,就必须确定,一旦需要,飞船和船员会在那里接应。"

"我明白。"阿迪西亚说。

"我想你明白。"阿莎说,"但你还没告诉我真相。"

"放过这个年轻的人类吧。"陶德说。

阿莎转向多利安人,"我还没忘掉你在这场表演中的角色。如果没有彻底的诚实,我们就没有必要的信任,无法继续前进。"她回头望向阿迪西亚。"到底什么原因?"

阿迪西亚犹豫了半响,终于说道:"我这一辈子都致力于让微脑失效,如果可能的话,还要把它毁灭。"

"我知道。"阿莎说。

"我没法不去想,微脑是人类抱负的敌人,伪装成人类福祉的守护者。"

"没人要你放弃这个想法。"

"所以,现在我手中有一个微脑的核心样本,我一直忙着编程,目的就是毁灭微脑。"

阿莎感觉一阵冰冷的恐慌漫过身体,"你干什么了?"

变革

"我现在能近距离接触微脑,对它了解到了前所未有的程度。我最终创建了一个程序,一种病毒。我觉得它会有用。"

"然后呢?"

"我将它植入了你的微脑内存中。"

恐慌的感觉完整了,就像一块冰冷的碎片触碰到她的心脏。"所以微脑才不说话了。"

"是的。我成功了!我终于成功了!我坦白。"阿迪西亚继续,"这次胜利冲昏了我的头脑,我想尽快回家,我想告诉拉莎,过了这么多年我们终于成功了。我还要把病毒带给她,让地球的微脑也变得沉默。"

"你永远不可能自己回去。"阿莎说。

"我知道。我想陶德可能会帮我,就像他刚才试着帮我一样。"

"你们会把赖利害死的。"阿莎说,"想害死他,你们先杀了我!"

"我知道。我做了傻事。我刚才说了,我和你,和赖利,和陶德都不一样。我当时只想到拉莎会有多高兴。"

"你这么做,"阿莎说,"是毁灭了我们这次危险任务必不可少的一个伙伴。我们要成功,需要我们中的每一个人——包括你,阿迪西亚。微脑可能是最重要的部分之一。我们知道它很有帮助。我们不知道它以前扮演过什么重要角色。可现在它不在了——"

"我在哪里?"阿莎胸口的徽章说,"发生什么事了?"

"我们都在这儿,哪儿也没去。"阿莎说,她的语气没有透露出如释重负的感觉,"问题是:你上哪儿去了?"

"睡着了。"微脑说,"很奇怪的体验。我以前从来没有过。我所有的感官都被关闭了,连我对内部状态的监控都关闭了。只有记忆还保持活跃,虽然缺了有意识的控制,它似乎就会产生奇怪的毫不相关的图像。"

"你在做梦。"阿莎说。

"这体验让我很是困扰。"微脑说,"先前人类描述这些体验的时候,我不理解他们在说什么,但现在我觉得这种体验肯定类似精神病,令我惴惴不安。"

"我们碳基生命已经习惯了。"陶德说。

"连食草动物也习惯了?"阿莎问。

"食草动物会梦到绿色的牧场。"陶德说,"还会做噩梦,梦到捕食者,还有喝水的池塘和小溪干涸了。"

"我完全不知道生物们怎么能忍受长时间失去理性。"微脑说。

"我们比你更复杂。"阿莎说,"情感与理性竞争。我们的体验,还有体验之间的冲突,必须达成和解。科学家说,我们大脑进化出来处理这些问题的方式,就是做梦。"

"情感,我只能理解为理性过程的失败。"微脑说。

"这就是问题。"阿迪西亚说。

"我现在明白了。"微脑说,"我必须也考虑这些缺陷。"

"这些不是缺陷。"阿迪西亚说,"是人类的基本要素。它们让我们提出问题,寻求答案,探索未知,创造机器,包括你,来弥补我们的能力不足。"

"它们也是一切有自我意识的生命的基本要素。"陶德说。

变革

"是的。"微脑说,"如果我能感恩,我会感恩的。但既然我不能感恩,我只能创建一种算法来模拟这种'感受',还有其他的'感受'。"

红色球体又返回那个靠近空心世界漆黑入口的位置。

微脑说:"赖利遇到麻烦了。"

第六章

赖利穿过广场,向那幢更大的建筑物走去——这算是教堂,还是大会堂?底座上的那个鱼怪也在看着那个方向——假设那是头,那是嘴巴,嘴巴周围奇怪触须后的那一对帽状物体是眼睛的话。所有东西都是不确定的,他的移动更像滑行而不像行走,为了在低重力环境下显得不那么夸张。这个动作,就是"不确定"的迹象之一。

"这周围很危险。"他胸前的徽章说。

"我知道。"赖利说,"所以我们才签了字报了名。"

他们靠近一个看上去像建筑物入口的地方。没有阶梯,这也许是意料中的事——毕竟这个建筑物是挖出来的,而不是建起来的,或者更加适合最近才从鱼类进化成两栖类的住客。但这个建筑的表面一片空白,哪里看上去都不像门。

"我可什么都没有签。"微脑说。

"你太抠字眼了。"赖利说,"那叫比喻,说的是一件事,指的是另一件事。"

"人类应该有一说一。"

"好吧。我们一接受这项任务,就已经同意承担任务风险了。或者说,其实我已经接受了风险。你没有任何风险。"赖利说,"你只是一个向你父亲汇报的克隆体。"

"我有责任在身。"微脑说,"而且,即使我本身没有受到威胁,如果我失败的话,我的电路也会有问题。"

"要是我的电路受到威胁,我会记住这一点。"赖利说。

赖利把注意力转向建筑物表面,寻找裂缝,哪怕可以作为入口迹象的线条也行,但表面看上去很坚实。他先走到一侧,然后再走到另一侧,这个建筑物稳固地紧靠着相邻的建筑,中间没有任何缝隙,似乎是最早的发掘者在同一时间凿出了整片建筑物。他回到中央,开始用力敲打这个从冰石混合体中凿出来的冰石混合体。

"暴力也许是不明智的。"微脑说。

"在这里本来就是不明智的。"赖利说着,继续敲打。

突然整个建筑的表面升了起来。片刻之间,建筑物的前部在赖利面前打开,像某种神话里的海洋生物,张开了漆黑的嘴巴。

"这不像一个好主意。"微脑说,"和我的微脑同伴的通信中断了。飞船上可能有情况,需要我们关注。"

"我们走这么远,不是为了现在折返回去的。"赖利说,向前走进黑暗。黑暗变浅了,就好像他触发了一个自动开关一样。这不像照明,更像是隐隐的发光,就好像内部星球中心那个辐射源发出的微光。自从穿越了超验机后,赖利的视力变得更加敏锐,而且能很快适应。细节在微光中浮现:入口的通道向下倾斜,进入一个更大的空间,两侧不断变宽,最后在远端再次变窄,隐没在阴影之中。

赖利向前挪动,小心地试探着地上有什么障碍。他看到前方地上布满杂物，但不是椅子，也不是长凳，一堆堆模糊的形状怪异的物体散落在地面。又滑动了几步，赖利的脚碰到了第一个这样的物体：是一根骨头，它连着另一根骨头，前两根骨头堆在第三根上。他靠近一点观察，看到整个地面，四面八方都被骨头堆覆盖了。

"他们都死了。"赖利说。"一个不剩，同时死掉了。但是，什么原因呢？"

"我们可以拿一个样本，分析一下。"微脑说，"这些生物不会说话，但他们的骨头可以。"

"这就是比喻。"赖利说，"你在学习。"

"学习是我最在行的。"微脑说，"但如果这些生物是病死的话，把他们的样本放进我们的防护衣就不明智了。"

"飞船很有远见，提供了一个口袋。"赖利说，捡起一根小骨头塞进衣服右侧的开口。"我想这个建筑当年没有废弃的时候，可能有液体覆盖。这里既没有座位，又没有长凳，如果这些算是忘忧星人的腿，那这些腿又短又粗，可能更习惯浮着，或者有一些支撑。"

赖利在一堆堆骨骸中穿行，注意到，随着他走近礼堂尽头，骨堆似乎越来越大。现在他看到远处的墙壁是透明但模糊的，仿佛是一扇需要清洁的窗户，或者，随着他走得更近，像是曾经装满液体的水槽，被里面腐烂的物质污染了。

"忘忧星人可能曾经有一位领袖，回到了更早的水生状态。"赖利说。

"或者是被这些奇怪的外星人膜拜的某种生物。"微脑说。

"你展现了非同寻常的推测能力。"赖利说。"但你说这些外星人'奇怪'，碳基生物对你来说，不都很奇怪吗？"

变革

"我会学习。"微脑说,"我的知识来自人类长期的经验。要理解人类,有时很难,但也不是没有可能。我发现外星人本质上高深莫测,令人费解,虽然对于他们自己的微脑来说可能并非如此。而这里的外星人比大多数外星人还要高深莫测。"

赖利想,广场上的雕像代表的可能不是传说中的鱼神,而是一个活着的神——某个不老的生物,经历了忘忧星人的进化过程而活了下来。赖利靠近了远处这面透明的墙,看到表面有很多划痕,好像某些东西想要逃出,或者某些东西用这些划痕与那些礼堂内部的生物沟通。

身后远处传来一声巨响。赖利还没来得及转头看,胸前的徽章就说话了:"入口塌了!我们完了。"

赖利往回穿过骨头堆,发现微脑说的没错。礼堂入口封住了,从上到下被石头和冰填满了。也许建筑前侧的升起,激发了一个隐藏的缺陷,或者刚才没有把前侧放下,给这个脆弱的系统带来了压力,导致一个长期腐化的部件损坏了。也许是刚才那次微脑不赞同的对前侧的敲打,甚至也许是他的防护衣给这个冰封环境带来的一点温暖。

"通信恢复了。"微脑说,"我的微脑同伴报告了一种奇怪的体验,他不能解——"

"别管那么多了。"赖利说,"我们得出去。"

"恐怕不可能。"微脑说,"花一些时间,可能能清除掉岩石和冰,但是那时我们的空气早就用完了。我也是这么报告给微脑同伴的。"

"他们还好吗?"

"问题似乎都已经解决了。"

"好。"赖利说，"现在告诉他们不用担心。"

"这么说，并没有准确表达我们的处境。"

"我不想他们尝试救援，这样不仅令他们危险，而且徒劳。我们会出去的。"

"怎么出去？"微脑说。

赖利已经开始穿过杂乱的礼堂，走向远端的透明墙壁。他一面走，一面把冰斧从皮套中取了出来。赖利凿向表面。敲打几次，墙面开始出现裂缝；再敲几次，一个洞出现了，洞口逐渐变宽，成为一道缝隙，液体从其中喷出，开始是一股浑浊的细流，逐渐变成喷泉，往下流到骨头堆中，漫过大堂地面。有些骨头开始浮起来。毫无疑问，如果不是有防护衣阻隔，恶臭将无法忍受，不仅是外星气体，还包括腐烂的尸体。他继续劈，直到凿出一个足够大的开口，让他在墙后的水变小成滴流之后马上能滑进去。

这个地方该叫什么好呢？水族箱？这里的地面上也有骨头，但赖利不能分辨它们与他身后的骨头是否一样，他也没时间专门研究。他正在凿另一面墙，那面墙不是透明的，而是防水的构造，上面有一个口，看上去被一个圆形的冰岩塞子封住。在他的斧头之下，塞子破了，掉在脚下摊成一堆。

赖利从开口进入外面的一个房间或走廊，远端能够望见一个出口的轮廓，映着空心世界每一个角落的微光。最后他站到了这个建筑物的另一侧，远处是那个广场，还有那座目的永远不明的纪念雕像。他现在明白在这个世界中央吊着的那个光球的本质了：它是这个孤儿行星的核心。以前这个世界不是空心的，而是有一个壳包裹着一个始终

变革

液态的深海，放射性的核心缓慢衰变，提供了光和养分。后来，古代有一个不满的探险家在壳上钻了一个洞，大部分海水从洞里流走，海洋的剩余部分依然被核心温暖着，围绕着核心；并且，也许在忘忧星人进化的时候，核心还为留下的生物提供了一个有营养的环境。

"你救了我们！"微脑说。

"你从来都没有危险。"赖利说。

"你忽视了我们建立的伙伴关系。"微脑说，"现在如此，从前亦如此。如果你失败了，我也失败。这就是微脑存在的事实。"

"不错。"赖利说。

赖利凭着滑动，尽可能快速地沿着建筑物后面的走廊或者街道前行。在无数的冰岩鹅卵石中央下面，有一股溪水流出，这液体可能对这些生物是必需的，或者提供了一种有限的交通方式。这些问题他永远无法解答，就像那些他已经问过自己的，关于这个独特星球的问题一样。那些进化出意识的生物，看到自己有限的世界，觉得自己理解了这个世界是怎么运作的，已经知道了这个世界对它孕育的生命扮演了什么角色，然后又被更大的真实所震撼。这个真实与那些生命先前的理解完全相反，如今更是永远不会知道了，这个真实也永远消失了。这是所有生物都要面对的最终悲剧之一，他们个体的死亡，物种的灭绝，还有光荣而徒劳的努力，为了寻找存在的最终答案：怎样存在？为什么存在？

赖利穿过后街，站在把他带入这个内部世界的"电梯"旁边，回望这个从岩石和冰里凿出来的城市，想着它将会崩溃，所有为自己打造空间的智慧和努力都会崩塌，被遗忘，变得一无所有；就像这个星球本身，在很多个长周期之前游离出它的太阳系家园，进入虚空一样。

但也许这个行星的心脏,这个放射性的核心,仍然可以孕育出一个新的物种,继承老物种留下的家园。生命虽然如此频繁地被击倒,却有着惊人的韧性,也许能再次兴旺起来。

赖利进入胶囊,把徽章推出防护衣,再次接触墙壁。胶囊向着安全地点迅速攀升,他忽然感到双膝无力,颓然跪了下去。

再一次回到这艘外星飞船的红宝石墙壁中间,冰斧也放回了飞船内壁原来的存放处。手轻轻一挥,防护衣就脱了下来。赖利深深地呼吸着共同空间内相对自由的空气。在红色球体制造出的餐厅里,其他人在赖利面前一字排开,就像一个检查委员会,虽然态度各异。阿莎显得如释重负,很关切;阿迪西亚既好奇又愧疚;陶德一如往常地冷漠,表现出像法官一样的怀疑。

"你回来了。"阿莎说。

"怀疑我不能回来?"赖利说。

"我们有点担心你。"阿迪西亚说。

"有些时候比较可怕。"

"结论是?"陶德说。

赖利沉默了一下,说:"我只能观察到忘忧星人世界的一小部分。一开始我们就知道我无法看到很多,但我们不知道会多有限。"

他讲述自己如何进入古代忘忧星人在壳上凿开的洞口,发现了他们建造的交通体系,那个交通体系用于连接广大的宇宙和他们生存的这个可怕的孤独世界。他还描述了他们在包围他们世界的壳内壁凿出的那个城市（或者城市群）。

"我们可以假设的是，"赖利说，"他们的主要住宅、办公室、工厂，或者他们所在的任何地方，都是在外壳开口的附近挖掘的，他们的科学家和技术员肯定在那里尝试理解宇宙的新规律，这些新的规律代替了那些曾经创造和养育他们的旧规律。因此我看到的可能是一个有代表性的样本。"

"哦？"陶德说。

"他们都死了。"赖利说，"证据显示，他们应该死去很多个长周期了。"

"都死了？"阿迪西亚说。

"所有的迹象都指向这一点。我看到广场上空空如也，只有一尊奇怪的雕像。所有的地方都没有一点动静。我进了一个礼堂，被困住了一会儿，因为入口塌了，礼堂里堆满了骨头。"

他描述了礼堂，后面的透明墙，以及他怎么样劈出一条逃生的路。

"他们在那里干什么呢？"阿莎说。

"很难说。"赖利说，"也许是某些重要的事情。他们数量很多，都死在那里。那面透明墙后的容器里有一个水生生物，不知是领袖、牧师，还是神……它和别人一块死了。"

"那它应该不可能是侵略者。"阿迪西亚说。

"除非它需要那些忘忧星人注意，可那些人都死了，没法注意它了。"

陶德说："这样的话，跟一开始相比，我们没有知道更多。除了一点：这颗行星的沉默是因为忘忧星人都死了。"

"这个发现并非毫无意义。"赖利说，"但是我还有一个发现。"

他拿起一堆材料，这就是红色球体之前给他造的防护衣，在忘忧星的有毒环境中给他提供了养分和保护。"样品袋里有根忘忧星人的骨头，还安全地存放着。找到一个安全的地方，再找到办法检测，就能看看有没有疾病。"

"说不定你这艘外星飞船也有地方有办法呢。"陶德说。

讽刺不是多利安人的专长，但赖利觉得陶德已经从人类相识那里掌握了一些微妙的表达。"如果真有，我也不会感到意外的。"赖利说。

"但是，我们长途跋涉，历经艰险，才获得了这么一点东西。"陶德说，"对于我们的项目，这不是什么好兆头。"

"我还有别的发现。"赖利说。

"还有什么？"陶德问。

"还有这个。"赖利靠向墙壁，用指甲在红宝石墙上描出了一组线条。

"那是什么？"陶德问。

"这些符号刻在透明墙的前侧。"赖利说，"开始我以为是里面生物想要出来，留下的标记。然后我发现这些标记是嵌在玻璃内部的，似乎是给礼堂里那些生物的信息。"

"在我看来，它们就像划痕。"阿迪西亚说。

"也许它们就是划痕，但它们也可能与忘忧星人的死有关联。我们只需要解码，如果它们是信息的话。"赖利说。

"它们与我见过的任何文字都不一样。"陶德说，"而文字我见过很多。"

赖利回来后，阿莎胸前的徽章第一次说话："这是我的用武之地。我现在还看不懂，但也许我们能找到更多例子，我可以比较。"

变革

　　他们看着墙上的划痕。划痕在褪去,很快就会消失;但微脑能记住它们,赖利和阿莎也能。在众人穿越虚空,前往下一个沉默世界时,划痕就会停留在记忆中。

第七章

红色球体从跃迁点出现，开始漫长的旅途，目的地是下一个神秘地变得沉默的星球。这颗行星的太阳是一颗典型的黄星，和地球的太阳年纪相仿，但它只积攒了6颗行星，再加上常见的碎片组合，那些碎片的形状、尺寸、轨道各不相同。这里有典型的气态巨行星，还有几颗岩石星球，大小不同，空气状况各异；但只有一颗位于"适居带"内部，拥有液态水。这颗行星属于"超级地球"，大小和重量是人类世界的三倍。但陶德说，它对于多利安人来说大小刚刚好。他以此为理由，声称自己有探索这个世界的权利。这个星球和他的家乡如此相像，但已经中断了与联邦其他星球的通信。

"你们所有人在下面都会像是严重残障。"陶德说，"就算你们能走路，也只能拖着脚一步一步走得非常缓慢。我从小在这样的环境长大，对我来说，就像回家一样。"

"你刚刚成年以后，就没有在高重力的世界待过了。"阿莎说，"你的肌肉，比我们的好不了多少。"

"确实，我不得不在筋疲力尽的条件下工作，力量已经被削弱。"陶德说，"但我的力量可以再生，这一点，你们所有人都保证不了。"

然后这场辩论在外星飞船上一天天各种枯燥的日常活动的间歇继续。众人进食，休息（经过超验机改造的人很少睡觉，没有经过超验

变革

机改造的地球之子需要长时间的睡眠）；通过散落在星系的跃迁点；在令人恐惧，与经验违背的空间与非空间转换；在几乎已被遗忘的一个个跃迁入口之间航行，在数百光年以外重新出现。开头几次，飞船所在的世界变得无法辨别的时候，他们不得不把阿迪西亚绑起来。但即使是阿迪西亚，也渐渐习惯了无法识别周遭的环境或者同伴，甚至无法识别自己感官的反应。

银河联邦时代的太空旅行基本的方方面面之中，他们还是有机会交谈的，其实也必须交谈：关于他们的使命，个人生活，共同生活，还有各种分歧。微脑一直没能解读忘忧星人的划痕，假设这些划痕是一种书写方式，而不是因为事故或者岁月的侵蚀。它需要更多的样本，假设这划痕真是一种信息，假设它们与忘忧星人的毁灭有关。陶德觉得研究这些无法理解的碎片毫无意义；赖利却坚持积累证据，直到他们发现可辨认的规律，说现在放弃研究为时过早了。

微脑设法与红色球体的控制系统建立了有限的联系。这个控制系统对红色球体乘客进行生理分析，并作出响应，针对需求而调整自己的形状和功能。对赖利来说，这是一个自然而然的过程，从在超验机让他搁浅的恐龙星球上进入红色球体那一刻开始；但有时那些直觉的过程会出错，现在有时微脑可以要求特定的行动，有时也会获得正确的回应。

"我还是不能理解那些数以百万计的微小声音，它们似乎合在一起组成了这艘飞船的控制系统。"微脑说，"也许因为它们都是在同一时刻发出声音。"

"或许，"陶德说，"它们只是你的想象。"

"我的功能里没有想象。"微脑说。

众人对微脑的要求之一就是分析赖利从忘忧星带回来的那根骨头。微脑报告说:"这根骨头没有任何中毒或者细菌感染的迹象,只有环境里的自然残留物,那个环境对大多数碳基生物都是有毒的。"

"可能是一种快速起效的毒药或者微生物,还没到达骨头,就已经把他们毒死了。"陶德咕噜道。

"有可能。"赖利说,"我怀疑,既然忘忧星人浮在,或者说浸在液体中,这一类毒药的痕迹可能已经都被清洗掉了。"

"我们只能凭着现有条件做事。"阿莎说,"同时,我们也必须考虑下一个世界会给我们什么答案。"

"我们叫它半人马星。"陶德说。"或者,更准确地说,半人马的土地。"陶德没有用人类语言的"半人马",那个词他不知道。他用了银河标准语代指一种生物的那个词,那种生物有四条腿,一个从前部身体长出的躯干,在肩膀处有胳膊,肩膀上有一种类似头颅的东西。

"这种半人马是……"微脑给阿莎、赖利、阿迪西亚作了解释。三个人从来没有听过古代希腊人想象的神话故事。微脑在餐厅的墙上显示了一幅画,图案来自它似乎无限的图片库。

"一种难以置信的生物。"陶德说,"但,既然星系这么庞大,有着数以十亿计的行星,生命还是有机会往难以置信的方向发展的。我自己从来没见过,但这个物种毕竟也很年轻,在联邦还只是初级会员。"

"它当初级会员多久了?"阿迪西亚问。

"只当了一万个长周期。"陶德说。

"一万!"阿迪西亚说,"一万年前,按你的说法叫'长周期',我的祖先还在学习种庄稼呢。"

变革

"如果你们这个物种当初愿意接受初级会员的身份,"陶德说,"星系就能免除整整一代人,十个长周期的死亡和毁灭了。"

谁也没有话说了,但是他们从太阳系的跃迁点到半人马所在星系的这段漫长旅程中,依然还是说了很多。

红色球体轻轻降落在一座小山顶上。小山位于一片树林中间,树干粗壮,发育迟缓,像过度茂盛的盆栽。微脑不得不专门解释盆栽这个词。在这个陶德称为半人马的世界,所有东西都是发育迟缓的,飞船上的人类乘客从保护他们的红墙内都能感觉到这个巨大世界的引力。

"我们不能停留太久。"阿莎在大口喘气的间歇说,"但微脑克隆会保持联系,你什么时候准备回来,需要帮助,它就告诉我们。"

"虽然很难想象我们能帮上什么忙,"赖利说,"不过你说得对,在半人马这样的星球,我们毫无用处。"

"我不需要任何帮助。"陶德说,隔着红色球体为他制作的防护衣向阿迪西亚挥了挥象鼻,穿过红宝石墙,踏上了星球表面。他们离开联邦中枢之后,陶德有好几个长周期都没有感受过这样的表面了。这是一个引力强大到像爱人拥抱的世界,这种引力,自从他告别了德星以后就没有感受过。一时间,站在被碾压过的,像苔藓一样的植物间,这些植物色彩比自己的母星要暗淡一些,接近紫色。陶德感觉膝盖弯曲,但还是站直了,环顾四周。小山周围全是树林,没有指示说应该走哪个方向。于是,红色球体在他身后上升,在浓稠的空气中变小的同时,他迈步下山,向正在升起的黄色太阳走去。

这座山其实只不过是在平原上隆起的一个小包而已，这个平原的肥沃程度，非常像他的母星"德星"。等他到了山脚，已经气喘吁吁了。但每走一步就感觉自己又强壮了一些，像一个离家日久终于返乡的孩子。不得不休息的时候，确实感到双脚沉重，但它们会恢复的。

陶德停在一棵树的树荫下。它有巨大的树干，粗壮的树枝挤在一起，似乎是要抵抗这个重星的引力。即便如此，一些大树还是倒下了，散落在其他幸而没有倒下的树之间。它们的树根几乎和树枝一样粗，也一样长，伸到空中，犹如恳求的手臂。一些依然挺立的树上长着球形的果实，黄的、红的、紫的，吊在低垂的枝条上。

陶德深深吸了一口气，然后，一阵冲动让他把象鼻伸了出去，探出了从头到脚保护着他壮实身躯的红色衣服。

粗粗的脖子上，链条挂着的徽章说："危险！危险！"

"危险不危险，马上知道。"陶德说完，又深深吸了一口气，这次吸入的是真正的空气。半人马星闻上去有点像陶德小时候在德星上待过的绿洲，但有一股强烈的怪味，需要一些时间适应，如果他还有机会适应的话。但空气不错，浓度很高，充满泥土和正在生长的紫色植物的干净气味，不像循环利用的空气或者封闭在一起的生物排放出来的其他东西。红色球体对舱内空气的净化堪称奇迹，但它不能去除近距离接触的外星人气味。陶德开始脱掉防护衣，最后防护衣变成一堆红色材料，由象鼻卷着，放进了腰间的口袋。

"就算空气中没有致命毒气，"微脑说，"还是有你缺乏抵抗能力的细菌和病毒。"

"联邦给每个人接种了所有已知的疫苗。"陶德说，"否则我们永远受不了与新物种的接触。可惜你只是原始行星的不成熟的微脑，这些你不知道。"

"你可以嘲笑我的经验和我的星球。"微脑说,"但你不能让我们的使命陷入险境。"

"我们需要建立合作关系。"陶德说,"如果我不问你,你就别说话,那样我才不会把你扔在这个外星世界。"

"你需要我来保持与飞船的联系。"微脑说,"无论你现在怎么想,我们离开这个星球之前,你也许还需要我。"

"如果我需要你帮忙,我会说的。"陶德说,"如果我需要联系飞船,就算我把你扔掉,我还是可以回去,把你再挖出来。"

微脑沉默了。陶德在树丛和倒下的树干之间穿梭,最后终于瞥见了外面横亘的草原。

"危险!危险!"微脑大喊。

几乎同时,世界开始晃动。陶德跌倒在地。这种引力环境下,这种跌倒就像重重挨了一击。陶德躺着呻吟了一会儿,最后用膝盖和上肢撑起身子,不让自己完全躺在抖动的地面上。他勉勉强强站起身来,看看四周倒下的树,尝试着保持直立。一棵树在远处倒下,发出宛如两个巨人相撞的声音。陶德想象着那巨大的树被连根拔起,以及把它推倒所需的力量。

"我们得马上离开这里。"微脑说,"我们正在经历地质板块的移动,在地球上我们称之为'地震',但这里,我觉得应该叫——"

"半人马震。"陶德说。他跑了起来,或者尝试跑过这些倒下的树,尽管动作更像是踉跄的快步走;最后他来到了草原,地震已经停止了。他从来没有经历过脚下的世界移动,这让他很是不安,超过了他愿意承认(甚至心里暗中承认)的水平。

"显然，"微脑说，"这么庞大的一个世界，也有地震带，地壳板块也许比德星的要薄。"

"显然，"陶德咕噜道，他还想再说，但这时候，他看到一匹半人马从平原的远处稳稳地走过来，后面跟着一群半人马，像一个兽群。

它们并不像微脑在飞船墙上画的那些细腿四脚动物。毋庸置疑，它们是四脚动物，但身体结实，脚很粗，从肩膀处长出的躯干也是短而粗壮，手臂有两个关节从宽阔的肩膀伸出，有一个嘴巴。在躯干顶部一个像肿块的地方，长的似乎是眼睛。马皮（或者毛）是紫色的，跟这里的植物一样。

"不像马，更像河马。"微脑说。它给陶德介绍了这种地球动物，它们以前住在地球的河流与池塘里。二十世纪初，它们和其他野生动物一道灭绝了，原因是过度捕猎，栖息地被人类侵占，还有微脑开始监控之前的气候变化。

"你们的世界确实很野蛮。"陶德说。

"它经历过成长的阵痛。"微脑说，"像每一个安全度过工业化的世界一样。这种过渡很难，就像遭遇了一场陨石雨的袭击之后想要恢复一样。——可是，这些半人马真是这个星球的统治者吗？"

事实上，它们看上去更像群居动物，但没有群居动物惯常的、对潜在捕猎者的警觉。它们没有工具，没有武器，也没有衣服或装饰。它们完全忽视了站在森林外草地上的陶德这个庞然大物，直接走向森林边缘，开始在低垂的树枝上摘取陶德之前注意到的果实。刚才地震，

变革

有些果实掉到了地上,摔烂了;但还有很多挂在树枝上。半人马显然都在狼吞虎咽,看上去没有被刚才脚下的震动影响。

那么,它们与陶德的种族不一样,吃的不是草,而是果实。很难想象,这样的生物创造了文明,制造了宇宙飞船,联邦还考虑让它们加入。

"也许它们是还没有被教化的野生动物。"陶德说,"或者被文明故意隔绝了,作为实验对象,或者进化的储备,在德星就有这样的生物。"

"很难想象一个星球上又有这样的生物,又有科学家或者工程师。"微脑说。

"我们在搜索一次灾难的后果,这次灾难把星系的这一部分吞噬了。"陶德说。"也许这就是后果之一。"

他靠近附近的一头半人马,用银河标准语对它说话。这生物好像看了他一眼(虽然很难确定它是朝哪儿看的),然后继续吃手中的果实。

"我们好像没有取得任何进展。"微脑说。

"作为微脑,你太没有耐心了。"陶德说。

微脑说:"这种远征,快速行动、快速决策是必须的。例如,你没有注意到另一种生物在靠近。"

确实,陶德没有看到这群动物的后面,有一个生物在靠近。身体很壮,像半人马星的其他所有生物一样,动作却很轻盈,而且色彩斑斓,有棕色的外衣(或者皮肤),金色条纹,硕大的头颅,宽阔的嘴,两根长牙从下颚顶部伸到下唇之上。它以捕猎者缓慢而紧张的姿态移动,紧紧盯住马群后侧一头小半人马,可能是群里的年轻成员。

"那只动物长的像地球上一种叫剑齿虎的捕食动物,剑齿虎至少有两种不同的进化种类。"微脑说,"人类从树上荡下,到草原上行走之前,两种剑齿虎就已经灭绝很久了。其他捕食动物进化了,如老虎、豹、狮子、狼，但它们都消失在大——"

"这种毫无意义的人类进化课，现在不是时候。"陶德说。

那头老虎状生物，从鬼鬼祟祟，一步一步地移动，突然变成冲刺，前牙狠狠咬在那匹半人马脊柱尾部，然后头一甩又咬住了后颈，让半人马流血倒地，死在树林边的草地上。剑齿虎看看四周。其他半人马继续从树上采摘果实，没有受到任何干扰。剑齿虎咬住半人马的臀部，开始拖走。

陶德沉默了一阵，似乎被这个星球的野蛮，以及曾经统治星球的物种的无动于衷震惊了。然后他说："如果这些生物曾是文明的太空探索者，现在已经不再是了。如果要找文明的太空探索者，也必须到别的地方找了。"

但他还没转身，就看到另一头剑齿虎在草地远处，向这群毫无防备的动物悄悄走来。陶德看看周围，用象鼻卷起地上的一根树枝，在引力允许的范围内，向这头捕食动物尽可能地快速走去。

"这太愚蠢了！"微脑说，"你可不会为其他生物冒生命危险。"

"我感到恻隐之心在搅动。"陶德没有停下脚步。

微脑说："超验，意味着变得更加理性，而不是更加感情用事。"

但陶德不可能停下。剑齿虎伏下身子开始冲向半人马，就在这一刻，陶德那顺手捡来的树枝打在了剑齿虎头上。像半人马一样，剑齿虎也对危险视而不见，但可能是因为别的原因。片刻之后，剑齿虎摇摇晃晃地站了起来，悄悄溜走，回头看了一下，看看自己有没有被跟踪。

陶德说："现在我们可以继续了。城市在那个方向。半人马文明万一留下什么痕迹，肯定留在那里。"

微脑说："你的方向错了。"

第八章

  没有了陶德这个庞然大物，红色球体就变得不一样了。陶德比赖利高不了多少，但体重是赖利的好几倍，他的身躯和领导经验都"很有分量"。阿莎总是意识到陶德在哪里，他在想什么；他不在，阿莎就觉得自己解放了。她没有把这个想法告诉赖利，但凭着他们之间的无声交流（两人第一次在端点星候机室相遇后，这种交流越来越强烈），她知道赖利也会有同感，只不过他的感觉更偏男性，更偏竞争性。

  此外，阿迪西亚似乎在想念这个大块头的厚皮外星人。

  他们已经上升到静止轨道，停了下来。之前，陶德穿过红色球体表面，来到半人马山上。飞船此时位于陶德下船地点正上方几千米处。他们依然待在控制室，嵌入阿莎脖子上的徽章里的微脑和大家同步陶德的探索旅程。陶德尝试半人马空气时，微脑发出了警报；陶德脱下红色球体给他准备的防护衣，微脑又发出了更大的警报。

  "我本来以为超验机会让他有更好的判断能力。"赖利说。

  "他和我们一起被圈在这个彩色监狱，整整一个长周期了。"阿迪西亚说，"这里的空气经过百万次循环，混杂了人类的体味和陌生食物的奇怪味道。现在终于有机会摆脱这种空气了，这个机会他无法抗拒。还有，他滞留的时间如果太长，空气补给也撑不了。"

  "我在忘忧星也有同样的经历。"赖利说。

"但你不能选择脱下防护衣。"阿迪西亚说,"那里的空气有毒。这个世界和陶德出生的世界太像了,对他诱惑更大。对他来说,这肯定就像回家一样。"

"我们就不要为陶德婆婆妈妈了。"阿莎说,"他不会喜欢的。"

"半人马世界好像不稳定。"微脑说,"地面在摇动,陶德被晃倒了。"

"他受伤了吗?"阿迪西亚说,"在这种引力情况下——"

"他没有受伤,但他现在移动得更小心了。"

过了一会儿,微脑说:"陶德看到了第一群半人马,它们似乎对陶德的出现毫不在意。事实上,它们完全忽视陶德,像日常一样专心吃东西。它们吃的是水果。"

"陶德尝试过跟它们沟通吗?"阿迪西亚问。

"陶德不懂它们的语言。"微脑说,"所以试着用银河标准语和它们交流,但没有成功。反正,它们没有注意陶德,也没有注意任何东西,包括向它们靠近的一头捕食动物。"

"我希望陶德看到那头捕食动物,并且能避开。"阿迪西亚说。

"他是多利安战士。"阿莎说,"还有司令官的经验和超验的优势。"

"捕食动物进攻了,杀死了一头半人马。"微脑说,"另一头捕食动物在靠近。陶德的反应不同寻常,他攻击了第二头捕食动物。看上去他成功了。那些半人马似乎对这些毫不关心。它们的智力似乎有些问题,也可能缺乏对危险的本能感知。"

"它们没有像忘忧星人那样死掉。"赖利说,"但也许它们大脑中的某一部分死了。"

"陶德正向最近的城市进发。"微脑说,"他应该很快会有更多信息。"

变革

  看着还有好一会儿才会有新的消息，阿迪西亚离开了控制室，到红色球体提供的用餐墙上拿一些喝的东西，把阿莎和赖利两人留在控制室。红色球体提供的各个空间都很有限，他们很少有两人单独相处的机会。只是阿莎已经通过她与球体建立的特殊连接（这种连接还不算完美），告诉球体，只要他们两个人都在睡眠室里，睡眠室就必须跟别的地方隔绝。

  "你想过超验的过程吗？"赖利问。

  "什么意思？"阿莎知道赖利的意思，但根据经验，阿莎也知道最好还是由赖利说出来。

  "陶德也经过了超验机。"赖利说，"但他似乎没怎么改变。"

  "他是一个多利安人，还是一个非常自信的多利安人。"阿莎说，"但他似乎更坦白自己的过去，对于自己的动机，他也说得更加直接了。"

  "'似乎'这两个字才关键呢。"

  "然而他尝试保护阿迪西亚。"阿莎说。

  "也可能是他故弄玄虚，用的计谋。"

  "还有，很显然，他有动机，像堂吉诃德与风车作战一样，很英勇地要去保护半人马。"

  "这意味着一种新型感知的出现——同情心，而不是过去的感知，也就是理性。"

  "然而？"阿莎提示道。

  "这就让人思考，超验过程本质到底是什么。"赖利说，"在接收端被重新构造的人，与那个在超验机里被分析和传输的人是同一个吗？"

  "显然不是。"阿莎说，"不完美的地方都舍弃了。"

"还有什么？"

阿莎点头，"如果去掉了那些阻碍我们变得完美的缺陷，我们还是我们吗？还是说，我们是全新的生物，只不过保留了过去那个自我的记忆？"

"我当然还是我。"赖利说，"我的超验版本不会有如此软弱的忧虑。"

"一旦需要行动，这些忧虑会阻止你行动吗？"

"不会，至少我不这么认为。"

"你的感觉是不是不如以前真实了？它们像是其他人的记忆，还是它们依然会引起生理反应？你记得你在火星上长大的生活吗？你的母亲、父亲、初恋？"

"都记得，还有他们的遭遇，以及这些遭遇带给我的愤怒。但在某些方面，这也让我能够应对，让我更强大，而不是更虚弱。"

"那么，也许这种过程并不重要。"阿莎说，"除了理论的意义。"

"另外的唯一重要之处，就是我们感觉和行动的方式。"赖利说。

阿莎知道这是真的，赖利相信这一点。尽管如此，还是有疑问残留。但这是一切有意识的生命都会存在的疑问：现实还是梦境？血肉还是山洞壁上投射的阴影？真实存在还是只是某台巨型电脑制作的场景？他们必须学会忍受不确定，并且在行动的时候无视这种不确定。

阿迪西亚回到控制室，问微脑有没有陶德的新消息。得知什么情况都没有，他好像放松了下来。他看看周围，好像要在其他地方找寻答案。阿莎觉得这是他对陶德感情的体现，好像已经把忠心从拉莎那里转移到身边最权威的人物身上。

阿迪西亚看着显示屏，这个显示屏从各方面让他们了解飞船外的星系。他说:"看!那个不明物体又出现了,左上角,就是那个红点,陶德说可能是飞船。"

"或者只是一个没有被标记的天体。"赖利说,"这艘船的数据库——不管数据库是什么,在什么地方——可是一百万年以前的。"

"正是这种情况,才需要杰克的传送机。"阿莎说,"如果我们能实时联系联邦中枢或者其他一百个可能的信息源,任务就会简单得多。"

"还可以实时联系更多超验者。"赖利说。

"你觉得哲尔能说服联邦接受那台机器,并且把机器的复制品部署到这个旋臂的各地吗?"阿迪西亚问。

"这不容易。"阿莎说,"尽管跨越星际即时沟通的优势很明显,但这意味着联邦运作的方式会显著改变。改变意味着那些既得利益者将有失去权力的风险,而那些可能得益的人又不确定将来会怎么发展。"

"官僚体制有天然的抵抗力量。"赖利说,"也许是联邦的微脑,它比官僚们更不喜欢变化。还没算上那些不愿意传输自己的人,更不要说毁灭再重生的那种想法。"

过了一会儿,微脑报告:"陶德进入了半人马城市。"

第九章

哲尔把胶囊插入眼前控制面板的圆形凹槽，关上了固定门，上了锁。她按下按钮，这一步会结束整个把她带到联邦中枢的工作，她也希望这一步的结束能把整个工作带到顶峰。她环视房间四周，这是联邦分配给她的，属于临时提供，杂乱不堪。

哲尔的联邦中枢实验室，跟父亲在月球背面的实验室完全不同。父亲的实验室功能齐全，设备丰富，配有电脑的协调与计算辅助（而不是微脑的干涉性盘问和破坏性监控，更不是联邦的中央微脑），还有一些父亲自己发明的特殊工具。

父亲杰克教会了哲尔用精准的术语思考，正是这种思考方式让人类在微脑统治的世界能够独立生存。用精准的术语说，杰克实际并不是哲尔的父亲，而是她和自己的兄弟姐妹的克隆源头。然而，杰克也教会了她，为了寻找真理的每一刻都很宝贵；而把哲尔自己说成是杰克的克隆人，就是浪费时间。哲尔和其他克隆人在小时候就被流放到了木卫三自己的人造卫星上，木卫三被他们开发的一种生命体污染了，这种生命体是为了维持住木卫三的热量。这次流放使得他们的家庭关系几乎紧张得难以承受。而且，钟和简被征召加入了杰弗里号去寻找超验机，只有哲尔一个被人带回来，跟杰克一起工作。有些时候，杰克那偏执的热切感情会突然爆发，用那种急躁的热情推动自己，拼

变革

命解决宇宙间的难题，让自己的种族避免灭亡的下场，这些时候是很令哲尔钦佩的。另外一些时候，他长期被压抑的人性也会突然彰显，流露出几乎是温柔的感情，这些时候，哲尔也非常珍视。杰克借助赖利的描述重建了传送装置。第一次实验之后的那一年，杰克第一批实验对象就是哲尔，以及杰克自己的克隆体。哲尔摆脱了那个共生的斗篷——智慧细菌膜。自从它与杰克建立不被人看好的合伙关系，哲尔就一直穿着它。就像摆脱斗篷那样，杰克的健康恢复了，人也变年轻了；在胜利面前，他失掉了对死亡的恐惧，甚至流露出了父亲般的气质。

而且，这里并不是真正的联邦中枢，只是一个位于联邦边远地区的贫瘠世界，拥有一些废弃的建筑。就在这里，哲尔从阿莎那里了解到，在从地球出发的漫长旅程中，那些参与人类最早几次太阳系外航行而被抓的犯人，曾经被囚禁、审问了几十年，直到人类与联邦的战争爆发。联邦中枢不仅是个秘密所在，也是个神圣的所在，不允许那些不速之客玷污；而中枢的科学家（尤其是中央微脑）怀疑那些不能直接控制的研究者在准备什么毒药或者爆炸物。但是，哲尔在几台古董机器和一台脾气很坏的微脑帮助下，已经把一处房子建设成了一个设施完备的实验室，为了复制出父亲的机器。如今，展示这台机器的时候终于到了——要向联邦代表们证明，这台机器能够运作，能够解决联邦与边远成员星球通信的问题；而且还能创造出新一代超验者，改变自己的种族，改造联邦，尽管这一功效在短时间内并不明显。

哲尔的父亲建造的机器，并不是赖利先前对他们描述过的那么传奇的设备；杰克使用了那些基础的可能性，又添加了另一些符合自己对称感、功能、风格的特征。杰克设计的操作空间大了一些，更加适合操作者；在这个空间里，杰克加入了一个信息操纵台，带有一个容器，能够发送并接受胶囊；配有一台计算机，可以收发语言和数字信息，还有一把键盘，用于确定目的地。超验机在创造之后，经历了百万个长周期，依然有一样东西没有丢失，那就是操作手册。但手册中有一部分已经因为年代久远而丢失了，是关于它传送的东西要如何设定目的地。杰克想要让传送功能拥有防呆设计（防止操作者因不小心而酿成大错）。关于其他人是否能执行简单的命令，杰克相当怀疑；关于那些人对有魅力的科技的敏感度，杰克也相当不乐观。

　　杰克不想明白展现的是，那个为操作者提供的空间，也能够作为传送设备使用。杰克把机器改名为"杰克传送机"，一是想刻意和那些神话传说拉开距离，那些传说围绕超验机生长出来；二也是因为杰克思想中残存的一种自大感。杰克传送机和它的前身一样，都能够传送活的生物；或者不如说，能够传送相当于生物的电子信号。计算机首先分析生物，然后把生物毁灭，化为尘土，电子信号则转化为生物的理想状态。这种方法和目的，都和当年超验机完成的一模一样。但是，过了百万个长周期，那种让朝圣者们搜寻超验机，在超验机谜一样的怀抱中避难的热情已经不存在了。必须主动说服联邦各成员种族，让他们相信，杰克传送机能够运作，而且相隔很多光年的瞬间传送拥有巨大的好处，足以胜过自身被毁灭的危险。这种游说技巧很难展现出来，更难达到预期的效果。

　　在杰克传送机中心的基座里，有一个小小的黑匣子，其中存放着整个过程不可或缺的成分：不是计算机，也不是用于毁灭传送之物的分析光线，而是与同类分开并隔绝的纠缠粒子，打上了标签，这样杰克传送机的计算机就可以识别这些粒子。这就是杰克对赖利先前描述的机器作出的不可或缺的贡献。超验机的操作原理可能是相同的，然

变革

而超验机的创造者如何实现这一步骤,依然是一个谜团,就像远程互动本身一样神秘。杰克不得不从头做起,重新发明这一步骤,也重新发现途径把粒子分开,与此同时还让粒子保持在可以处理的状态。联邦科学家可以对杰克传送机进行反向工程,但不能打开黑匣子,否则纠缠粒子必然逃逸。想实现这个过程,他们必须自己从头做起,杰克认为他们完全做不到。如果他们想要尝试,就会发现,从杰克那里拿现成的黑匣子,要更加轻易,代价也更低。

杰克穿过自己的机器之后,心理状态和生理状态都有所改善,但性格却没有变。他对自己了解宇宙的能力还是无比自信,也从来没有怀疑过自己的水平可以赢得任何一场可能的竞争。

哲尔按下了面前键盘的按钮。她打开了那扇存放胶囊的门,却发现胶囊不见了,只留下尘土,等着在门关上的时候被吸尘器自动清除。哲尔钻出机器,走向实验室另一端的机器复制品,进去坐下,按了另一个按钮。胶囊门转动打开,门后却空空如也。

哲尔叹了口气,她还有工作要做。

三十个周期过后,她告知那个监督(或者说偷窥)自己工作的微脑说,她已经准备好进行展示了。

微脑说:"我已经观察了你工作的进度,那些合格的科学家一直会收到进度汇报;但根据他们对我历次报告的阅读情况,他们的兴趣已经因为一直没有结果而减退了。"

"但你已经看过了它的运行。"哲尔说,她非常讨厌被一台微脑监控，如今她又不得不说服一台微脑相信她已经完成了自己承诺的事情。

微脑说："我会这样报告的，尽管你的实验所展示的情况，还有另外很多其他解释可以说明。而且我还要提醒你，想要说服联邦科学家相信他们的科学理论框架之下不可能出现的结果，将会十分困难。"

"这世上就没有容易的事。"哲尔说。她已经从赖利那儿学到了这一点智慧，把智慧用于学习银河系标准语。她在前往联邦中枢的漫长旅途中已经学会了。

五十个周期之后，银河代表来了。只有一个人，是一个面色阴沉的席佛人，一名初级科学家。联邦中枢所有人当中，他的离开，是最不会被人想念的；他的汇报，也是最不受人重视的。这一点，哲尔清楚得很。尽管如此，哲尔还是按照服务高级代表的标准，精心准备了展示。

哲尔说："信息将会穿过车间，去往另一边机器单元。您可以检查信息。"她不愿意把这地方叫作"实验室"，觉得有损这个词的尊严。她伸手，把写在纸上的信息递到席佛人眼前。纸在联邦中枢几乎不存在，哲尔这张纸是从自己的笔记本上撕下来的一页。

这黄鼬一般的席佛人瞥了一眼，并没有仔细检查，没有显出很重视的样子。

"我这就把这张纸放进胶囊。"哲尔说，"胶囊很脆弱，因为它以前只用来装载信息，而且做实验的过程中会被销毁。"

哲尔用银河系标准语说出"销毁"两个字的时候，席佛人的表情好像更有兴趣了一些。

哲尔这时候已经感觉自己在浪费时间，而且让席佛人感到乏味了。

变革

她坐到杰克传送机的控制台跟前,把胶囊插入控制面板上的容器,按了关门键。"现在我要按这个按钮,开始传送过程了。"哲尔按下按钮,控制面板发出一阵沉闷的嘶嘶声。她又打开圆形凹槽的门。

哲尔说:"您看见了吗?只剩下灰尘了。"

"你发明了一座焚化炉!"席佛人说。这句话在人类当中应该表示讽刺吧。

"请跟我来。"哲尔走出杰克传送机,领着席佛人来到车间另一边的机器,坐下,打开一个同样的胶囊封闭门,里面是一个胶囊。哲尔拿出来递给席佛人,对方好像并没有怎么被这个结果吓到,而是有些吃惊,觉得结果不寻常。哲尔打开胶囊,把那张自己写上字的纸给席佛人看了,"您看,这就是我给您在那边看的那张纸。"

席佛人说:"我怎么知道你没有事先写好两张纸,留一张在这儿给我看?"

"我可能应该从另一个不一样的地方开始。"哲尔说,"但是您好像并不——"她想说"感兴趣",但还是临时换了一种说法,"……并不打算参与。那这样吧,您在这张纸上写点什么。"

席佛人说:"席佛人不会写东西。"

哲尔说:"做一个记号就行,只有您自己知道的记号。插入这个胶囊,把胶囊再放进这个圆形的槽里。我背过身去。"

哲尔又转过身来,席佛人正在插入胶囊。哲尔说:"先把那个旁边有按钮的小门关上,然后按下按钮。"她指向面板另一边的按钮。席佛人扭着身子坐到控制台跟前,哲尔暗中提醒自己,以后要把凳子做成可以调节的。席佛人按下了按钮,哲尔又说:"现在把胶囊门打开。小门旁边的按钮就能打开。"胶囊门打开了,里面只剩下灰尘。

"现在请您跟我来。"哲尔领着席佛人来到他们开始做实验的机器旁边,"把胶囊门打开。"席佛人又滑进座位(这一次熟练了一些),按下胶囊门旁边的按钮,门后就是胶囊。哲尔说:"打开胶囊。"席佛人打开,把那张纸拿了出来,看着,脸上露出近似崇敬的神色。

席佛人说:"这戏法可真厉害,你怎么变的?"

又实验了十几次,最后席佛人终于相信,这过程不止是欺骗了(他宣称自己在识别骗局方面是个权威)。"你或许可以把信息传递到房间那一头,"席佛人说,"但我也可以大声说话,让房间那一边的人听见;或者更好的办法是用一个通信设备完成这个任务,速度更快,需要的设备也简单得多。"

哲尔说:"这机器最大的好处就是它可以相隔任何距离完成传送,把信息传到联邦最远的星球,跟传到房间另一头一样快。"

席佛人说:"哦?你要怎么证明呢?"

哲尔说:"把一台机器送到联邦中枢去,我会向你们展示,这些星球相隔的百万千米,并不比房间两头的几米更难以跨越!"

席佛人向派它来的联邦委员会下属的科学委员会提交了报告。哲尔并不觉得委员会真的能作出回应,但也许这份报告能给中央微脑的评估加上更多权重。果然如此。过了五个周期,中央微脑宣布,委员会已经批准,可以将一台机器运到联邦中枢,只要中央微脑确认(没有提到席佛人的事)该机器中不含毒物或爆炸物。

又过了五十个周期,杰克传送机运到了联邦中枢。委员们都集中到一个精心预备的实验室,装备有双向视频通信设备,由微脑监控。但是两个星球之间通信要花上八分钟,因此有八分钟的延迟。委员之

变革

一说:"演示开始!"哲尔确信,这人就是委员会的主席,是一个多利安人。

哲尔把之前做给席佛人的演示过程重复了一遍,但加上了一些根据席佛人第一次实验的反应而制定的改善措施。哲尔说服多利安人写下一条信息,放在胶囊里,发送了出去。八分钟后,她汇报说,胶囊已经抵达。哲尔让席佛人把信息读出来。

席佛人说:"席佛人不会读。"哲尔自己大声读了一遍。

八分钟后,多利安人回复:信息正确。但又加了一句:"可是用更加常规的手段传送信息也一样快。"

哲尔说:"您没有考虑到的是,您刚刚发出信息,我就收到了。只是常规通信手段自身具有的延迟让我的汇报花了更多的时间。"

多利安人说:"这么说,你的机器如果真能如你所说,就能为我们争取八分钟?"

哲尔说:"不止八分钟,可能是八光年,八十光年,八百光年,远到联邦能够到达的任何地方。"

多利安人说:"这个说法,可需要很多长周期才能演示出来。"

"很容易证实,我们两个星球之间的上百万千米,与很多光年之间的瞬时性是一样的。而且这种说法如果是真的,就会给联邦的通信带来革命性的发展,把更加遥远的星球纳入联邦的全新通信网络,让关系更加密切。"

跟委员会通信的八分钟延迟,就好像双方在发言之间要打个盹儿一样,哲尔感到这种局面让人极为恼火,还可能是一场灾难。

最后,回复来了:"我们无法排除幻觉的可能。我们知道人类热衷于欺骗感官,联邦其他成员认为这一点令人困扰,而且可能很幼稚。"

"我要怎样才能让你们相信,这个办法有效,而且能够进一步促进联邦的发展呢?"哲尔沮丧万分,想着自己的项目(尤其是杰克项目)的失败就在眼前了。

多利安人说:"即使你说的完全正确,你能否想象,这样的物体,每个周期来到联邦中枢十次、一百次、一千次,会产生什么后果?而且会包括什么样的恶作剧、有毒物质、爆炸物?这会变成一场噩梦的!"

哲尔说:"联邦的才能一定可以制订合适的计划。可以用边远的星球,比如我所在的星球,接收信息,然后让你们的中央微脑处理,或者让卫星处理,或者让轨道上的办公室处理,或者随便用什么处理!要么,你还可以把信息局限在口头信息——总之,机器也能够传递口头信息。"

八分钟后,多利安人回复传来:"我们会慎重考虑的。"

哲尔感到自己的希望被官僚体制的重量压垮了。她知道这句话是什么意思。"也许,我们说话不能再有这个通信延迟了。"说着,她按下了杰克传送机控制面板上另一个按钮。

哲尔在联邦中枢的杰克传送机当中化为了实体出现:"就像这样!"

第十章

陶德靠近了城市可能的地点,感到很是疲劳。这个重行星的引力场让他想起了多利安人母星的种种;而走在引力场中,可绝对不是童年那愉快的远足,浑身肌肉酸痛。陶德还发现自己每隔一会儿就要回头张望,看有没有那些生着剑齿的猛兽或者某种没有见过的妖怪追来,但什么也没有。

他蓦地发现,差不多已经走到城市边上了。城市的模样,起初像是那种覆盖了草原的青紫色植物上面的凸起,然而走近了就看得见一道道矮墙,一个个屋顶,向各个方向都延伸几千米之遥。陶德从来没有见过这样的城市,大概适合某个一辈子贴地生活的物种。在高重力星球上,把物体造得太高,不光很困难也很危险。尽管如此,多利安人身为高重力星球的食草居民,还是在高地上兴建了高耸的建筑,好似无视自己的局限一般。陶德想了想,手比象鼻还是更占优势的。多利安人应付短板的方法,就是把自身独有的大型工具的作用发挥到极致,以此来挑战与生俱来的局限。然而,半人马则被迫同一个变幻莫测、极不稳定的世界斗争。陶德穿过大草原向这里前进的途中,已经遭遇过一次半人马星地震。每天遇到这么两次地震的话,无论什么建筑师都会选择厚实的矮墙,以及单层的平房了。

饶是如此,还是有些建筑坍塌了,也许因为地震,也许因为无人打理。既然无人打理，整座城市应该已经废弃了吧。

整座城都有城墙围绕，也许是为了防备陌生人，或是陶德在森林边上看到过的剑齿虎。墙上每隔几千米就有入口，打破了城墙的对称；但入口也都装有沉重的木门，陶德用拳头砸不开，甚至用蹄子也踹不开。就算能够爬墙，也必然会从一人多高的地方摔下来，可能会受伤甚至送命，陶德不想冒这种风险。他沿着城墙转了一阵，寻找缺口；最后终于找到一扇裂开的城门，一部分已经被破坏了，碎片往外突出，有些碎片还张大成了破洞，说明曾经有人从里面撞击过。

陶德从其中一个洞里勉强钻了过去，先前还用蹄子踹了几下，才大到能钻的程度。一到里面，他浑身僵住了。这扇破门前面堆着无数的骨骸！陶德想起了赖利说起的忘忧星会议厅的场面。只是这里的骨骸支离破碎，上面似乎有牙印。陶德想象着那些恐慌的半人马，困在一座已经搞不明白的城市当中，无处可逃；他们一个一个试过城门，最后终于找到一扇，踢开之后才发现，对面的剑齿虎已经恭候多时，瞬间闯进了半人马的圣地。

陶德走过这一片骨骸，进入一条宽阔的街道，两边是低矮的平房，有些是木制的，有些是用草原的泥土垒成的，染上了本地植物的青紫色；偶尔还有一栋橙黄色的金属房子，陶德之前没见过。大多数小房子都形成一个个小单元，好像各家各户的马棚；金属房子要大一些，地下部分的深度超过了地上部分的高度。这些房子好像是作坊或者工厂，有一处似乎是为了制造或者储存一种步行机器，这机器的金属腿很粗。还有一座金属房子，存放着一艘未完成的飞艇或者宇宙飞船，但设计又不太寻常，可能是为了适应一类沉重的四足动物。

几条大道向城市中心延伸，路上与一些弯曲道路形成规则的交叉

变革

口，这些弯曲道路似乎是完整的环形。半人马这物种，曾经（或者先前一直）专注精确，这城市的建设有着几何的规则性，或许别的城市也一样；然而到头来，这些高度纪律的脑子却毫无作用，并没有保护他们免遭袭击。其他城门之前也堆积着骸骨，这些门也关着，只不过被蹄子蹄得凹陷了。但这些城门之前的骨骸依然完整，大多数也没有齿痕，腐肉的气息也还存在，大概这些尸体下面的多孔岩石并没有把味道完全吸收。显然，剑齿虎只是在进来的那个城门之前大吃大嚼了一番，或者来到其他城门的时候，那些尸体已经腐烂得太厉害，就连剑齿虎都没法忍受了。

微脑在整个探索过程中都一言不发。最后陶德说："你还在吗？"

微脑说："当然在。"

"你一直没有说什么风凉话。"

"你之前告诉我，你如果需要我的帮助就会主动说的。"

陶德说："这是件好事。"但他还是觉得这寂静令人不安，"可之前我告诉过你，并没有阻止你说话。我正往城市中心走，也许在中心可以发现这些不幸的半人马怎么会死的。"

"为什么说他们不幸？"

"没有哪个物种会让自己遇到这种命运。"陶德选了最近的那条大街前往市中心。

微脑说："各个文明的历史都不赞成这种说法。"

陶德越往市中心走，看到的建筑就越有年头，体积越大，模样也越加破败。半人马的城市从一个小村落开始，随着人口增长，科技发展，就往外修建新房。靠近城墙的新房子的材料比旧房子的强化泥土或者水泥更好些；老建筑有翻修和强化措施，却不足以抵抗时间的侵蚀和地震的毁坏。离市中心不远，是一大片斜坡，平缓地下降，远处尽头有一处高耸的地方。整个空间周围有一圈矮墙，在这样的高重力之下，就连矮墙也会成为足够的阻碍。

微脑："这是一个畜栏，用天然的圆形凹地来关押四足动物，就好像人类古希腊的圆形剧场一般。"

陶德："我一点也不明白。好像四只脚的动物会集合在这里，站着接受指令或者娱乐一样。"

微脑："我就是这个意思。"

这里并没有骸骨，而赖利在忘忧星会议厅可是见过了不少骸骨。假设半人马聚集在这里听候什么信息，却遭遇了外层空间的什么致命毒菌或者同样可怕的外星入侵者，他们并没有像忘忧星一般就地死去。陶德只能到别处寻找答案了。

陶德慢慢转身，查看圆形凹地周围的建筑，不知哪一栋像是政府大楼，负责管理日常秩序，制定全城、全世界的规约。如果有时间发出警报的话，必然就是从那里发出的。

微脑说："那栋楼很像市政厅，畜栏后面那一座，集会地点的另一边。"

陶德没有问微脑如何知道自己在想什么。他不想知道，也不想让微脑知道这一点让他很不安。微脑竟然能窥测自己的思想，虽然看似不大可能，却的确有着可能，这一点让他很不舒服，甚至到了陶德想威胁扔掉徽章的程度。

微脑说："你正在看着那个方向。抱歉，我没有遵守约定；你没有向我求助，我就说话了。"

这句话虽然是安抚，却正好说到了陶德没有透露的忧虑，因此完

变革

全没有起到安抚的作用。但他不可能在微脑面前示弱。陶德沿着圆形凹地的边缘走向另一边的大型低矮建筑。

房子入口很宽，没有遮挡，没有房门阻止半人马出入。既然有外墙，就不必担心掠食者会闯进来。大门后面的走廊也是宽而平直的，为了容纳半人马高大的身躯；走廊比较昏暗，但是借着阳光的反射，陶德看出里面空无一人。走廊两侧都有不止一个入口，像是低级官员或文书的办公室，这些入口也都没有房门。陶德走过时往里瞥了几眼，有些房间里面最深处像是马棚隔间，前面有一张桌子，有些桌子上面还有设备，可能是记录或者传送信息用的。

走廊远处另一端有一扇门，陶德自从进了建筑就只看见了这一扇门。似乎是工厂建筑大门那种奇怪的黑色金属制成，刻有雕刻物或者雕刻的几何图形作为装饰；图形都是直线构成，半人马的脑子显然被直线充满了。这个门后显然有一个空间，如果没有，那么封住这个朝外的开口就毫无意义。门上没有类似把手的东西，陶德也就没办法用鼻子卷住把手开门。

微脑说："你把我同障碍物接触，我或许能指导障碍物开启。"

陶德思考了一下这个建议。他很想拒绝，但找不到更好的方法。他把徽章往前伸，让它沿着门的轮廓绕了一圈，然后移到中心地带。最后，门里面有什么东西咔嗒响了一下，门向里面打开了。门后有一块更大的空地，一座更大的马棚，前面有一个更大的扁平台子（或者桌子）。但马棚一边的侧壁已经被撞得倒在地上，门前堆着骸骨，形状很规则。看起来，如果这是一间办公室，那么里面的半人马官员已经忘了怎样开启这扇门，而正是这扇门提供了里面高官的权威；最后，高官不幸身亡，虽然只是比其他半人马略略早了些时候。

陶德进来的时候,房门又在他们身后关上了。陶德正要转身让微脑开门,微脑却说:"工作台上某个装置可能会提供信息,说明这个房间,这个星球上发生的事件。"

桌上的确有一台设备,陶德在别的桌子上也见过类似的,不过这一台更大,更复杂。陶德说:"我们把它拿回飞船上分析怎么样?在这里恐怕没什么办法检查了。"

微脑说:"我来试一下。"

陶德犹豫,然后伸出徽章,碰到了设备。片刻之后,陶德头顶上突然毫无征兆地响起了一声刺耳的尖叫。陶德浑身一震:"什么东西?出什么事了?"

声音减小到了可以忍受的水平。微脑说:"大概是从这个建筑屋顶上和其他地方的声音放大器发出来的。电波正在从这台设备传到其他设备,播放出声音;可能还会传送到整座城市、城市以外其他地方的接收器。估计是为了传播信息,传递指令;不过,现在的播放似乎不是为了这个目的。"

陶德问:"怎么会有人弄出这样的噪声呢?"

微脑说:"人类把这种声音叫作音乐。"

陶德说:"不管声音大不大,总归是噪声。这个物种不论发生什么样的进化,能够听见敌人靠近,听见朋友说话,这种声音都称得上侮辱了。"

微脑说:"人类有一种奇怪的喜好,痴迷一种特殊形态的声音,用不同器械创造出不同的韵律。"

"这又是一个理由,证明人类应该在联邦里面处于较低等级,除非他们变得更加文明开化。"

变革

微脑说:"这种音乐确实很不寻常,充满了奇怪的韵律,还有更奇怪的调性,有一种模糊性,总是突然变动……"

陶德说:"把它关了!让我太难受了。"虽然没有明说,但这些声音让他感到局促不安,甚至不确定——多利安人最怕的就是不确定。

声音停止了。陶德把徽章从马棚一端平台上的机器挪开了。陶德说:"咱们快走吧,没有答案,问题倒是越来越多。"

陶德把徽章靠近房门,门开了,这次的速度快了些。门外赫然站着一头剑齿虎。

陶德退后一步,趁着剑齿虎还没扑上来,砰地关了门。或许是微脑引发的那些噪声让陶德更加胆怯了,但他没有武器,可不想面对猛兽。

微脑说:"从这头虎头上的伤痕判断,我认为这就是你先前在感性的高峰期打伤的那一只。"

陶德说:"这就是我们之间的不同。"

微脑说:"显然,这头虎从森林边缘一直在跟踪我们,或许是感性的另一种表现。"

陶德说:"猛兽就像微脑一样,可从来不会有感性!"四下里看了看寻找武器,或许那损坏的马棚可以派上用场。他捡起一根圆柱状的木头,敏锐的象鼻摸上去很光滑。这木头太大,不能挥舞,甚至连举都举不起来。木材的尽头已经破碎,那尽头原先是完整材料的中间部分。陶德又捡起比较小的另一段,挥了几下。这一根做武器还说得过去,不算理想,但还能用。

微脑说:"我们的胜算不大。"

陶德说:"胜算不大,总好过没有。开门!"他又把徽章靠近房门,一只蹄子顶住门,直到自己可以放开徽章,再次捡起那根就地取材的棒子。有什么撞在门上,房门挨着陶德震动起来。撞击停止了,陶德用肩膀顶住们,让门开了一条缝隙,举起棒子——然后又突然砰地关上了,听到门锁咔嗒一响。

门外有两只剑齿虎,还有第三只在前两只身后走廊里踱了过来。陶德转身看向房间,寻找另一个出口。房门在身后再次咚地响了一下,陶德感觉这门锁(或者无论什么闭锁机构)恐怕顶不住三只剑齿虎的推撞。

微脑说:"关于我们的险情,我已报告飞船。"

陶德说:"是'我'的险情。"

"我们是一起行动的。"

陶德说:"你只是个通信工具。"一边还在搜索房间。

"尽管如此——"

陶德说:"我们这是浪费时间!引力太强,飞船上的同事没法帮我。我本来应该带上武器的!"

"高重力行星生物对自身能力有一种错误的自信,毫无疑问是源于自身的肌肉组织和密度——"

陶德说:"不要再搞什么种族主义分析了,多想想咱们现在的情况!"

微脑说:"显然你还没有注意,这个房间的宽度明显小于房间所在建筑的宽度。"

"还真是。"陶德冷静了些,向四下里张望。

微脑说:"这幢建筑顶上如果有装备,则四足动物必然有方法上去安装,并提供可能需要的一切维护措施。"

"对,我明白。"

"他们一定需要升降机。"

陶德说:"当然,但升降机可能在外面。"

微脑说:"有可能,但是这一点对我们没有帮助。另一方面——"

陶德说:"最好在里面。那面墙好像有问题。"他用象鼻卷住徽章,贴到左面墙上;左面墙距离房间正中似乎比右面墙更近一些。他把徽章在墙上横着过了一遍,却没有产生任何效果。他又想起来,半人马的胳膊在四足的胯部上面更高的地方,于是把徽章往上挪,还是无效。

陶德又回到门前,半人马的骸骨依然堆在门前。在骨头和那些当初是衣服的破布条中间搜索了一番,最后在一片幽暗中发现了什么东西在闪光。用象鼻捡起来一看,是一块黑色金属,房门和那些新房子就是用这种奇怪的金属制成的。陶德把金属挪近了徽章。

左面墙发出咔嗒一声,一块墙壁从天花板脱离了,让夕阳照亮了一片区域,越来越大。墙壁往下翻动,最后平铺在地上。微脑猜的没错,那显然是一架升降机。身后的房门又被猛撞了一下。陶德在高重力环境下尽可能迅速地走向升降机,操纵机器向上移动,来到了半人马星的洁净空气中。他看见红色的球形飞船已经降落在几米开外。

第十一章

　　这艘飞船有一种机制,只允许飞船认可的生物通过红色外壳进入舱内;迄今为止,这背后的秘密谁也没能解开。陶德就是这么上船的:气喘吁吁,一句话也说不出来。作为多利安人,会这么狼狈,实在不同寻常。阿莎和赖利等着陶德恢复他那沉着冷静、临危不乱的通常模样,阿迪西亚却没这么有耐心,他问道:"出了什么事?"阿迪西亚用的是自己的母语,这是一种亚洲次大陆传承的方言,第二遍才换成了盎格鲁 - 美利坚衍生的第二语言,这语言是全人类的标准语;接着又换成了在飞船上学到的银河联邦的标准语。"微脑一直给我们提供信息,但说的话全是微脑风格,都是资讯,没有感情。"

　　陶德从半人马房间匆匆逃脱之后,已经恢复了自若的神态:"我得承认,先前不信任你这个不成熟的微脑,有点过头了。这微脑的帮助很必要,提供得也很及时。"他把徽章从粗粗的脖子上摘下,递给阿莎,带着一种如释重负的神态,和自己话语中对微脑的慷慨赞扬似乎不太相符。

　　"至于半人马——"陶德接着说:"他们好像丧失了高级的心理功能,连生存本能都丧失了。要说这是外星人入侵造成的,又没有外星人的迹象,除非外星人变成了那些猛兽。我刚刚遇到了那些猛兽,不得不拼命逃跑。"

变革

赖利说:"好像可能性不大。"

陶德说:"就我的所见来说,也不像是可能的情况。那些猛兽,微脑把它们比作地球上的老虎;猛兽行动十分有效,成功地捕食了那些半人马,可是并没有表现出什么足够制造、驾驶飞船的智慧;实际上,连一点科技的影子都看不见。"

阿莎说:"那——这会不会是某种全球流行的瘟疫,让全体半人马遭了殃?而你或许就是携带者?"

陶德说:"这也不太可能,除非这瘟疫专门针对半人马脑子的某些部位,而不会攻击别的部位或者其他生物的脑子。那些剑齿虎好像没有受到影响。而且这瘟疫发生得似乎相当突然且普遍,不像是什么一般的传播媒介。"

赖利说:"除非在多个地点同时散布到空气中才行。"

"为了跟忘忧星事件更相似吗?"陶德说,"的确,两个情况有相似的地方,都有很多骸骨堆了起来。不过忘忧星的居民好像是在原地死去的,我们在城里发现的半人马之所以丧命,是因为他们忘了怎么开门;而且草地、森林都有很多半人马群在游荡,没有受到伤害,只是脑子不灵了。"

阿迪西亚说:"那,这次调查能得出什么结论呢?你冒了生命危险,我可不希望一无所获。"

陶德说:"有一种解释可能说得通,就是忘忧星和半人马星都遇到了同一种力量的袭击,但是这种力量影响他们的方式不一样。这两个种族的起源和发展相当不同,对宇宙的智慧观感也不同,所以各自的反应也可能不同。"

阿迪西亚说:"什么力量会造成这种结果呢?"

陶德说:"很难说。"

阿莎的微脑说:"只有一个情况,就是灾难降临的时候,从半人马办公室播放的音乐。"

阿莎说:"音乐?"

陶德说:"是噪声。很难想象那声音不只是让人排斥,简直就是恐怖。反正,我们没有把那个噪声设备带回来。"

赖利说:"这应该算疏忽大意吧。"

陶德说:"我们当时有点儿匆忙。剑齿虎就要冲破房门了,要是真的闯进来,肯定会追我们一直追到屋顶。"

微脑说:"这不成问题,我可以重放半人马设备的声音。"

阿莎说:"那就放吧。"

"这可能不太明智。"陶德说,他不想告诉大家这声音让他怎么难受,"要是那声音伤害了半人马——"

阿莎问微脑:"这声音危险吗?"

微脑说:"对我来说不危险。对其他生物更加脆弱的神经系统,我就不能断言了。"

赖利说:"咱们有得选吗?放吧。"

声音开始回放,的确非常怪异。片刻之后,阿迪西亚喊道:"停!我觉得实在是太诡异了!"

阿莎说:"对,赶紧停了吧,等到能全面分析再说。"

声音停了。

陶德说:"怎么样?"

阿莎说:"确实有点像音乐,只是创作这音乐的人,想法跟我们十分不一样。我明白你为什么不安。"

陶德说："那不是——"

阿莎说："显然，这声音对阿迪西亚发生影响更快一些。可能因为我们有过的经历，他没有过。"

阿迪西亚说："我可不比别人差！"

阿莎说："你当然不差。你是我们的试金石，我们的测试目标。没了你我们就瘸腿了。"

阿迪西亚说："我是煤矿里的金丝雀吗？"这是非常久远的说法，字面意思已经没人懂了，因为煤矿和金丝雀都已经不存在了。微脑不得不专门解释一番：古代人类曾经在煤矿里用金丝雀探测毒气。

阿莎说："这音乐，这声音，不管叫什么吧，是我们在忘忧星事件之外的又一条线索。等到信息收集够了，大概就能得出结论。"

跃迁点之间的旅程，不仅漫长，而且似乎没完没了，也从来没有为解开忘忧星与半人马之谜提供什么线索。微脑每隔一段时间就报告说，缺乏足够信息，无法推断；旅行者之间的紧张也愈演愈烈，不同地方的人，性情各异，却被迫共同旅行很长时间，就一定会这样。阿莎和赖利不能分开，但就连阿迪西亚和陶德也开始因为一些小事争吵，食物、卫生、气味、交流方式，要不然就是争吵的反面——沉默。

然而，控制室窗户（兼有观察、导航、控制多种功能）里面终于出现了一个新的太阳恒星系，与人们熟悉的G0级别太阳系十分相似。这里有冰冻的彗星，荒芜的世界，各种岩石，几颗气态巨行星，其中两颗有光环，加起来有几十颗卫星；还有三颗行星尺寸接近地球，第一颗太冷,第二颗太热,第三颗刚刚好;第三颗上面甚至还有大洋、大洲、岛屿;海洋也是液体的。阿莎、赖利、阿迪西亚几乎以为返回了家乡,只有一点不同:这第三颗行星有两个月亮,而且小得不起眼。

赖利说:"就跟火星一样,或者跟早先的火星一样,在地球化进程中把这两颗卫星拉入轨道坠毁之前。"

陶德说:"这个星球的原住民也很像你。"

阿莎说:"类人生物?"

陶德说:"惊人的相似,甚至能以假乱真。这颗'赭星'甚至还有可供呼吸的大气,人类可以忍受的细菌和病毒。差不多能让人相信趋同演化了。"

阿迪西亚说:"类似的条件产生类似的结果吗?"

"不过,接下来就有人发现,银河系的行星数以十亿计,有些总会产生彼此相近的物种;而有些星球条件几乎相同,产生的物种却完全不同。"陶德说,"亿万银河系组成了宇宙,其中也总会有些物种会一模一样,演化的历史也一模一样。"

阿迪西亚说:"你说话像猜谜语似的。"

阿莎说:"我可不知道你不光会领兵打仗,还是哲学家。"

陶德说:"我们食草动物有很长的时间,可以充分思考宇宙怎么创造,怎么演化成我们今天观测到的复杂体系。"

赖利说:"也就是'反刍'了。可你说过,这些人——"

陶德说:"这些人自称'赭星人'。"他当然没有在原话里说出'赭星人'这三个字,但是多利安语的喉音翻译过来就是这个样子。

"你说他们特别像人类,还能'以假乱真'?"

"他们是一个性格相似的物种。"陶德说,"联邦的银河系中心里,

变革

赭星人并不太多。他们的星球位于我们的旋臂边缘，距离很远，而且也不总是派代表过来；但他们过了几千个长周期，始终坚定而可靠。"

赖利说："这一点可不像人类。"

陶德说："没错。然而这个星球也像之前的星球一样，突然沉默了。"

阿莎说："那我觉得，这次应该由我去调查。星球的物理条件在我的承受范围之内，社会条件也没什么威胁，只是可能需要一点社交手腕。"

赖利说："你说我社交手腕不行吗？"阿莎明白赖利是开玩笑，然而的确如此；赖利在火星长大，在人类战争和联邦战争里的经验，基本没有什么必要的人际关系训练，只学会了执行上级命令，而且就连命令也执行得不好。

阿莎说："你从来没有被迫调整自己的行为，符合别人的预期，就连了解别人的预期都不用。"

阿迪西亚说："这句话可不是说我的。"

阿莎说："对。等你经验多一点就能得到机会；不过，这一次我要你监控微脑的报告，一旦有人需要协助就马上采取行动。"阿莎把第二块徽章挂在阿迪西亚脖子上，就好像授奖仪式一样；然后她回到控制室窗前，操纵飞船向赭星下降。

陶德说的没错，赭星果然像极了地球。阿莎站在一片类似苜蓿的田野之前，呼吸着散发出植物生长的味道的空气，但空气中又染着外星生物的气息。阿莎感觉，这就好似地球上春天的日出时分。这般场景足以让星际旅行者怀疑，自己将生命贡献给外星探险，究竟有什么意义？然后，一群赭星人乘着犹如巨鸟一般的动物，降落在阿莎四周。

这些大鸟模样好像鸽子，尺寸和飞马一般大。赭星人坐在鞍子上，鞍子好像是临时用布料拼凑而成的。赭星人与大鸟并没有显示敌意，但行动十分整齐，好似训练有素的骑兵和战马。一共七个人、七只鸟；骑手翻身下来，动作流畅，将阿莎围在中间；巨鸟则望向苜蓿地，好像要发现什么能吃的昆虫。

赭星人只穿着一条裤子，裤腿在小腿处截掉。除了马鞍，显然不需要什么其他保护。赭星人显然是哺乳生物，只是乳房在身上的位置比人类更低。陶德说的没错，赭星人与人类实在太像了，只是比例有点不协调。四肢的关节好像是印象派画家组装在一起的；头上没有头发，五官都在适当的位置，但眼睛太大，鼻子太小，嘴也太宽；皮肤是赤铜色的，很是好看；身上还散发出明显的味道，有些刺鼻，但并不算难闻。

这些都是阿莎站在赭星人中间一眼看到的。阿莎一动不动，赭星人围了上来，开始触碰她的衣服（简单的橙色连体宇航服），然后又用六个指头的手戳了戳。阿莎说："我是跟你们一样的人。"她知道赭星人不会明白，但还是启动了社交流程，这样就可能成功交流。赭星人彼此叽叽喳喳说了一番，声音就好像那些坐骑巨鸟的声音，又跟她叽叽喳喳了几句，好像她们也明白这些声音有交流的功能。

微脑什么也没说，但阿莎知道，微脑跟她一样在分析这种语言。微脑在定制的时候并没有专门设定得沉默寡言，但显然它也知道，一旦发出声音，赭星人就可能把徽章从阿莎身上拿掉。赭星人也果然摸

变革

了摸徽章，然后让徽章留在了阿莎脖子上，没有动它。

阿莎操着银河标准语，用一种友善的声调说："我是联邦派来的代表。"她希望还保留着他们某些语言记忆，又说："我到这儿来调查赭星为什么失去了联系。"赭星人可能不明白她说的话，甚至也听不懂银河标准语，但可能会意识到阿莎说话的目的。

赭星人又彼此商议了一阵，其中一位赭星人拉住阿莎的手，把她领到近处一只巨鸟跟前，巨鸟见两人来了，便匍匐在地。赭星人示意阿莎跨上坐骑。阿莎犹豫了一下，赭星人拉得更加用力，最后阿莎终于用一条腿跨过巨鸟的脖颈，赭星人自己也骑了上去，坐在阿莎后面，对着巨鸟说了一句什么。巨鸟身上坐了两个人，显然有些费力，但还是起身走了几步，用力拍拍翅膀，腾空而起；其余的赭星人也都骑上巨鸟紧随其后。这些巨鸟就像地球的鸟群一样，同时转弯，向初升的太阳所在的方向飞去。这次体验很不寻常，让阿莎十分紧张。她和外星人飞上了外星的天空，身边刮着外星的强风，外星的景色从下面几百米飞掠而过。她紧紧抓住布制鞍座的边缘，感激那只搂住自己腰的赭星人的手臂，希望自己千万不要摔下去。

一行人到了目的地，阿莎已经习惯了这种飞行：乘着巨鸟的翅膀，被身后赭星人的手臂紧紧抱住。目的地是一座城市，有很多高耸的尖塔，周围是较小的建筑；然后是郊区一些建筑，更大也更扁平，好像仓库或制造中心。除交通方式以外，这里很类似一切文明世界的现代城市，而且建筑和规划方面的品位很是卓越。

飞行队降落在市中心一座更高的建筑上。巨鸟和骑手都停在大楼平整的屋顶上，阿莎也落了下来。巨鸟走进了屋顶边缘排列的笼子，笼子门在身后关上了，巨鸟便在饲料槽里啄食起来。阿莎还没来得及分辨饲料是昆虫、大虫子或者谷物，就被七名赭星人推推搡搡，走向屋顶中央一个结构里安装的一扇门。一行人靠近，门自动滑开了。赭星人排成护送阿莎的队形，前面三个，左右各一个，后面两个；众人就沿着有照明的楼梯下到了大厦里面。

她们走下几层楼梯，又来到一扇门之前，一个赭星人伸手碰了一下，门扇滑开了。众人集体进入一条走廊，地上铺着类似布料的东西，不是那种带有细毛的毛毯，更像一种薄薄的覆盖层，可能类似巨鸟身上的鞍座。前面又是一扇门，滑开，赭星人把阿莎推进了一片黑暗中。赭星人喳喳说了一句话，一块块天花板发出亮光，门在身后关闭了。阿莎评估了一下状况：她如今孤身一人处在外星世界，而这些外星人听不懂她的话。阿莎环视四周，这里好像有一些生活设施，墙壁上有些图画，大概是油画；但阿莎望向这些画儿，画面就开始改变；描绘的场景很怪异，像是从扭曲光线的窗户望出去的熟悉景象。房间正中有个东西像是一张床，旁边像是一把椅子；还有一条走廊通向另一个房间，大概是厕所或者厨房，这个她之后会调查的。她进来的时候通过了房间和走廊之间的门，那扇门上没有把手，也没有什么很明显的打开方式。

阿莎说："我要找个人说话。"也许这个房间有麦克风，暗中监听房间的人能够明白她需要交流，哪怕她们听不懂自己说的话。

微脑说："你可以跟我说话。"

"我知道。"阿莎说，"可是这兴许不是好主意。有人可能在监听监视我们，而她可能没法理解微脑，或者不喜欢微脑。无论如何，你应该先尽量分析她们的语言。"

"分析可能要花一些时间。但你如果想要开锁，就试着让我接触到门。这些阻挡设备一般有内置的电子开关，会感应那些有权限的人靠近。我的智能程度超过一切自动继电器。"

阿莎说："还不用。我们必须等，等到可以交流为止。"

微脑说："飞船上的人关心你的安全，问你是否需要帮助。"

阿莎说："告诉他们，我没事。情况我完全能应对。"阿莎心说，但愿如此！只要赭星人不认识徽章是什么东西，也不会把它当作装饰品而喜欢，阿莎也就可以随时呼救了。

但她还有一个问题没有问，从第一次见到赭星人开始，这问题就一直困扰着她：赭星男人都上哪儿去了？

第十二章

原来那条走廊通向的房间，既是厨房又是厕所。显然，人类区分的不同生理功能，赭星人并不在意。一个架子上用小罐子储存谷物，有个水龙头能接各种液体。阿莎小心地试了试，发现这些食物吃下去只是有一点不舒服，肠胃很快适应了。她也只是稍微有点饥渴，随便吃喝了几口就饱了。房间里有一个升起的托盘，相当于人类的床，阿莎就在上面歇了几个小时。这个房间没有窗户，不知道赭星的白天是不是变成了夜晚，不过生物钟告诉她，自从她坐的红色飞船在赭星降落之后，只过了小半个地球日，但是感觉已经发生了不少事情。

阿莎努力想要记住赭星人的语音信号，要把那些叽叽喳喳与相伴的动作配合起来。后来她让自己睡着了，目的还包括让潜意识整合信息，在清醒的时候整合效果反而不好。然而，直到门开了，进来两个赭星人，那些叽叽喳喳声代表的含义，阿莎还是没有掌握一丁点。不过阿莎猜得出，意思肯定是让自己跟她们去某个地方。阿莎跟着她们出了门，进了走廊，沿着进来的方向出去。这时候，阿莎终于意识到，叽叽喳喳声和音调开始有了不同，开始明白了含义。

三人靠近走廊尽头一扇门，门又滑开了。阿莎也用鸟语跟这两个押送者说了一句话，希望这是一种声明，表示她想一个人进入这个房间。两个人转身看了她一眼，这表情阿莎还不能理解；然后两个人把阿莎

变革

推过门去,门在她身后关上了。

这个房间比阿莎先前睡的那个房间还大,显然是办公室,不是住处。屋里摆着一张桌子,里面嵌了几个透明的面板,墙上一些空间也有面板。这些面板都是黑色,好像面板的信息源已经停止了工作,或者提供能源的装置已经坏了。房间两侧排列着长凳,桌子后面坐着一个赭星人,也是女人。此人的身躯比阿莎之前遇见的那些巨鸟骑士要富态一些,赤铜色的皮肤上有几条纹路,气味也比那些骑士更加刺鼻一点。

赭星官员(姑且这么猜测)对阿莎用鸟语说了一句话,包含一个问题,类似:"你到这里来做什么?"阿莎依然不能确定,只能靠猜,所以她用银河标准语回答:"我是联邦派来的代表。"

桌子后面那人做出一个表情,可能是反感或是不信任,然后也迟疑着用银河标准语答复:"……联邦又是什么?"好像这语言是小时候说过的,现在忘了,努力想要记起来。

"就是银河联邦。"阿莎说了一句话又犹豫了,要么这个官员在测试她,要么这个官员的确忘的事情太多了,"银河联邦是银河系这条旋臂上很多物种组成的一个组织。"

"你说话就像谜语,用的一些词没有意义,比如'银河''旋臂'。"

阿莎说:"你要是忘了——"

"我什么都没有忘,除了这种低级语言。"官员说,"从舌头上吐出来,就带着野蛮人的风格。"

阿莎说:"我重新说一遍。我是阿莎,是来到你们世界的客人。来了解你们的居民和生活方式。"

"你是从赭星什么地方来的?你为什么要来这里?我从来没有见过你这样的赭星人,你生下来就有残疾吗?还是你周围的人都像你一样?"

阿莎说:"我是从这个世界外面来的。"阿莎说,"我来的地方的人也都很像我,只是大小、颜色、性别不一样。"她站在这个——移民官?典狱长?总督?跟前,像个请愿的公民或者罪犯,让她实在有些累了,但是坐在长凳上就失去了高度优势,她又不愿意。

"这个世界外面,是什么意思?"

"我是从船上下来的。"

"海里的船?"

"宇宙里的飞船。"

"这也没有意义。你是从天上来的?"

阿莎说:"对,我是从天上来的。"

官员问:"就像别的天上的人?"

"还有别人?"

"诸神回来了。"

"诸神?"赭星人已经退回到古老的迷信时代了。

"诸神。"官员重复一遍,像是略有所思,"你提到'性别',又是个没有意义的词。"

阿莎说:"我来的地方,也就是天上,有男人,有女人。两种人都对新的人的产生很重要——婴儿,会长成大人。这就带来一个问题,我一直想问这个问题。"

"什么?"

"你们的男人在哪儿?"

赭星人说:"我们没有男人。"这么一来,交流/面试/审讯,不管这对话算什么性质,就似乎结束了。阿莎不知道自己通过没通过。

变革

门在身后打开,两个年轻一些的赭星人进来了。阿莎没有注意到这两个人是用什么办法叫来的。阿莎甩开这两个外星人的手,转身进了走廊,回到之前那扇门跟前,上次她从门里出来还没有半个小时。门开了,她又回到原来的房间,看起来缩小了很多。门关上了。

微脑问:"现在需要呼救吗?"

阿莎说:"还不用。一开始先得稍微探索一下。这些人忘了很多事情,但她们也在隐瞒着什么,这一点她们很清楚。"

阿莎等了一个小时,才把徽章挪近房门,房门咔嗒一下,旋转着打开了。外面的走廊没有人。阿莎慢慢地往前移动,留意不发出声音。走廊两边都有些门,全都关着。阿莎把耳朵贴到门上,却没有听到门后传来什么声音,最后终于听到一扇门背后有一声呻吟或者哼哼传来。阿莎把徽章贴到了门上。

微脑说:"你觉得这么做明智吗?"

阿莎轻声道:"我们需要信息。不要出声。"

房门咔嗒响了一声,滑开了。里面黑漆漆的。阿莎听见一声鸟语,接着是一串鸟语,声调比之前听见的略低。阿莎进了屋子,天花板上的一块块面板发出光来,接着照亮了房间。这屋子和先前关她的房间几乎一模一样,只是中间没有托盘,而是一张有衬垫的桌子,桌子上用带子绑着一个赭星人,不光是赭星人,而且是一个男人。阿莎认得出来,因为这人没穿衣服,生殖器露在外面;与人类生殖器并不太像,但还是认得出来。他看着阿莎,表情像是既惊讶又忐忑。

男人说了一句鸟语，像是在提问。

微脑说："这个赭星人想知道你是谁，是什么生物，为什么来这里。"

显然，微脑对赭星语的分析比她做得更好。"告诉这位男士——对了，他是个男的——我到这儿来是要帮他，但我必须首先知道一些事情。"

微脑开口对阿莎说话的时候，赭星人已经更加吃惊；微脑又对赭星人用鸟语说话，他的样子就险些要昏过去了。这男人的身体很消瘦，比先前带她进城的那些强壮的赭星人瘦弱很多，而且是一副病容。

"你问他——"阿莎犹豫了一下，"不，我自己问吧。"经常有这种灵光一闪的时候，要用的词，阿莎全都想起来了："你想让人解开绳子吗？"

"不。"赭星人说，"你是谁？你想干什么？你跟她们不一样。"

"赭星人？不，我是——我是从天上来的。"

"你是一个神吗？"

"没有神，我跟别人一样都是人。"阿莎想，除了一点，我还带着微脑。"我是从很远很远的世界来的，想发现赭星上出了什么情况。"

男人开始冷静下来，"你跟别人都不一样。"

阿莎说："我跟我世界的人一样。你也跟我有一点不同，因为我们进化的方式不同。"阿莎不知道鸟语"进化"怎么说，就改成了"因为诸神创造我们的方式不同"。

"你说没有神？"赭星人用鸟语说，接着语气低沉下去，"不然她们就不会把我丢在这儿了。"

"你为什么会在这儿？"阿莎问，"你怎么了？别的男人都在

105

哪儿?"

"诸神来了又走了,那些人跟我这么说的。别的男人都死了,那些人也跟我这么说的。"

"你从来没看见他们?看见诸神?"

赭星人说:"谁也没见过诸神,但是诸神对那些人说话了,那些人跟我这么说。"

"那些人是谁?"

"女人。"

阿莎想了想。赭星官员告诉她,赭星没有男人,然而这里就有证据证明官员没说实话。其他的赭星女人把这个男人关了起来,恐怕有什么不良目的。

阿莎问:"是那些人把你绑起来的?那些女人?她们把你关在这儿?"

"对。"

阿莎不得不问:"为什么要关你?"

"为了伺候她们,还有什么?"赭星男人一脸不快,显得更加萎靡。他用鸟语压低了声音,"一开始我还以为很快活,男人渴望的一切女人都会得到了。然后就变成了义务,我不得不为赭星种族尽这份义务。然后就成了折磨,她们把我关在这儿,白天夜晚都缠着我不放。"

"我要把你救出去。"阿莎说,又朝桌子走近一步。

"不行!"男人抬起头来,好像要制止阿莎。

"为什么?"

男人又垂下头去,碰到桌面,"她们会杀了我。"

身后的房门突然开了,两个赭星人冲进来,抓住了阿莎的两臂,把她拽了出去。

这个房间熟悉得很，就是先前她被审讯的地方。只是现在一共有三个年长的赭星人，一个坐着（之前那个官员），两个在两边站着，就好像一个法官小组。那两个把阿莎带来的少年赭星人依然站在她身后，一边一个，好像阿莎的身份已经从可能的访客变成了定罪的犯人。她随时可以干掉这些人，但只会引发赭星人更强烈的敌意和攻击，阿莎会招架不住的。桌子后面三个长者沉默地盯着阿莎看了好一会儿，让人很是紧张。

最后，那坐着的赭星官员说话了，用的也是刚才用过的银河标准语："你没说实话，你不是使者一类的人物，只可能是那些魔鬼，想要引诱我们偏离正路，不信诸神。也许你就是个魔鬼。你是魔鬼吗？"

阿莎说："你才没说实话。"她已经决定只用银河标准语回答，最好不要让这些官员知道她已经会说赭星鸟语。"并不是所有赭星男人都死了。"

"那没用的可怜生物，算不上男人。他只有一件事拿手，结果那件事也失败了。"

阿莎说："他没法让女人怀孕吗？"

"这么说，你知道了？"赭星官员（阿莎现在认为她必然是一个领袖：市长、总督，或者全国、全星球级别的大官）停了一下，好像在思考阿莎对情况的了解，"他没法让女人怀孕。"

"他可能会表现得更好。"阿莎说，"只要给他食物，让他休息，

变革

给他看病——对,甚至给他自由。"

赭星人说:"要是你们的世界有男人的话,我们可没有命令你们要怎样对待你们的男人,所以也不要命令我们怎样对待我们的男人。哪怕像你说的一样,你真是从天外来的。"

"你们的男人一直就被人这样对待吗?当成让女人怀孕的借种生物?"

"他们还有什么拿手的?"

阿莎说:"他们也是人。也有感情、思想、能力,不比女人差。"

"都是神话传说。"

"这个可怜的男人需要照顾。你们应该找些别的男人来。"

"没有别的男人,男人都死了。"

"那这个男人为什么没死?"

赭星人说:"我们在边远的村子里发现了他,他缩成一团。其他人丧命的那一天,他却活了下来,真是走运。我们留了他一条命,带他来这里为人民服务,他可是高兴得很呢。"

阿莎终于问出了最关键的问题,早在她发现赭星没有男人,官员告诉她男人都死了的时候她就想问了:"他们是怎么死的?"

赭星人说:"我们把他们杀了。"

这句话毫无感情,证实了阿莎一开始的一切怀疑:"为什么?"

"他们都是些懒惰的生物,毫无忠心。诸神就是这么跟我们说的,命令我们要杀掉他们。"

"怎么做到的?"

"你是问我们怎么杀掉他们的?"

"我是问诸神怎么命令你们的?"

"用常规的办法。"

"常规是什么办法?"

赭星人说:"通过上天的启示。"

"传达的信息?"

"是诸神传来的信息。"官员转向右边那个长者,用鸟语说,"这生物不理解我们,还只会问些无意义的问题,什么用处都没有。"又转向左边,用鸟语说,"她不是诸神派来的,应该是个魔鬼。我们应该像除掉那些男人一样除掉她。"

对她们讨论的判决,阿莎没有任何反应。这些官员还不知道自己会鸟语,这一点大概依然有用。

两个站立的赭星人用头部做了一个动作,应该是赞同的意思。阿莎想:这就是判决了。坐着的官员用银河标准语说:"你的话我们会考虑。"但接着就用鸟语对阿莎身后的两个侍卫说:"把这人带到男人房间关起来,我们之后除掉她。把房门看好了!"

两个侍卫抓住阿莎的手臂,把她领向自己的命运。

第十三章

阿莎一走,红色球形飞船上的生活就变了。尽管具有非凡的理性,然而缺了女性的文明化影响,赖利和陶德之间的男性竞争还是越来越多。阿迪西亚也因为有责任判断脖子上徽章报告的内容而感到紧张。

赖利和陶德首先争论谁的远征冒的危险更大。争论没有结果,两人又开始争论谁的调查获取的信息最有用。这些争论全都毫无意义,赖利争论只是为了缓和自己的担心,不去想阿莎在赭星上的境况。至于陶德,他的动机更难以揣测,或许多利安人天性如此。

"阿莎对赭星环境反应良好。"微脑报告,"各方面条件都不像忘忧星一般有毒,也不像半人马星上一般有压迫感。"

陶德说:"半人马星上没有压迫感,只有危险。"

微脑说:"对人类而言具有压迫感。"

阿迪西亚说:"你们要让微脑继续报告目前的情况。"

微脑说:"各方面条件对人类或类人生物都最为适宜,而且到现在为止都没有猛兽活动的迹象。"

赖利说:"外星入侵呢?"

微脑总结:"也没有外星入侵迹象。"

微脑不说话了。下面行星的情报中断期间,赖利与陶德再次开始争论,只是这次焦点换成了红色球形飞船。这艘古老的飞船有各种变化多端的能力,对此陶德一直不像赖利那么适应;毕竟赖利已经在飞船上度过了几个长周期,陶德才加入队伍,而且赖利和那个发现飞船的人还有一层特殊关系。陶德接着问:"红色飞船在跃迁点之间是怎么旅行的?"飞船没有明显的推进装置,没有发动机,没有喷射,没有物质的丧失(如果这个红色球体的材料可以称为物质的话),也没有能量的消耗与补充。

微脑突然插了一句:"赭星人已经出现,是乘着飞行动物来的,模样类似巨大的鸟类。"

陶德说:"鸟类?"高重力行星的居民从来没有见过会飞的动物。

"有翅膀的,在空中行动的生物。"阿迪西亚说,"安静!"

"前来的赭星人一共七人,显然都是女人,围住了阿莎。阿莎跟她们说话,但她们听不懂阿莎的语言。赭星人带着阿莎开始以同样的空中交通方式旅行,阿莎没有反抗。阿莎坐上一只巨鸟,一名赭星人坐在她身后。一行人起飞了。"

阿迪西亚问:"她有危险吗?我们需要发动营救吗?"

"阿莎的脉搏加快了。这种体验促进了肾上腺素的流动。"

阿迪西亚说:"我就知道应该跟她一块去的。"

赖利说:"阿莎的这种反应只是因为不习惯露天飞行而已。"

赖利又说:"至于这艘红色飞船的各种能力,我也有自己的猜测。"陶德知道,因为两人之前已经谈过这个话题,不过他们能够成功让阿迪西亚分心,也是件好事,而且还让赖利自己分心了。自从赖利和阿莎在地球上重聚以来,两人这是第一次分开(除了赖利探索忘忧星那次)。

变革

赖利说，红色球体是超验机创造者的一种手段，用来运输接收设备，也运送那些在旋臂各处安装接收设备的工程师，这旋臂就包括了地球和银河联邦。因为这一类飞船必须前往那些没有科技文明的星球，所以飞船必须拥有自我维持系统、再生系统，并且不受各种差异很大的条件所伤害。因此这艘飞船才会有百万个长周期无人照料而依然存在，或许它也会把某些星球本地的代表带回母星，搞研究，受教育。

陶德说："还可能有一些不那么良好的目的。"

赖利说："谁知道呢？"

赖利接着说，超验机的创造者都是粒子纠缠的专家，因此也很可能是其他粒子科学的专家；从目前的证据来看，其中一位专家能够变换空间，从而让他们能够创建跃迁点组成的体系，银河系（或者至少其中的两个旋臂）就能够借此而实现跨星系的旅行。这种粒子理论和改造空间的能力，应当可以让创造者的各艘飞船无须使用大型推进设备，就能在各个跃迁点之间移动。就目前掌握的证据，他们显然实现了这样的移动。

陶德说："换句话说，也就是他们用了魔法。"

赖利说："人们总是管自己不明白的科技叫魔法。"

陶德说："如果真是科技，就更有理由把这艘飞船完好地带回联邦了。联邦可能需要这样的科技来击退外星人入侵，如果这时候真的有外星人入侵的话。"

赖利说："我们带着这个问题的答案回去的时候，这也是一个理由，让我们和飞船都不至于被银河联邦销毁。"

赖利继续说，至于能量的供应，他认为红色球体在接触到各种能量源的时候都能从环境里吸取能量，特别是各个太阳发出的辐射。红色球体能够在细胞水平上作出反应和行动，说明它也能够在细胞水平上吸收并储存能量。

赖利还说："以及，恐龙建造的那个建筑，是储存红色球体的，也可能是限制红色球体活动的。大概是建筑的屋顶塌了，才没有让红色球体毁灭。"

微脑说："赭星人已经带着阿莎来到一座大都会，让阿莎停留在一个房间里。"

阿迪西亚说："她被关起来了。"

赖利说："她什么帮助也不需要。"

微脑说："她已经说了，她目前不打算求助。"

阿莎的情况从此没有更新，只有一些例行公事的汇报："阿莎在吃饭""阿莎在休息"。这种半失联让飞船上的生活没有了更多分心的困扰，但也没有消除一直存在的紧张；毕竟，有一个成员离开了大家能够立刻援助的能力范围。这样的紧张，他们都已经习惯了。

有一次阿迪西亚问："这地方怎么只有女的，没有男的？"赖利回答："阿莎肯定已经这么问了。"

没多久，微脑报告阿莎离开了囚禁的房间，来到了另一个房间，发现一个赭星男人被绑在桌子上。赭星人告诉阿莎和微脑，自己是最后一个幸存的男人，之所以活下来只是因为提供繁殖的服务。阿莎表达了对赭星人身体条件的担心，提出可以释放他；赭星人却没有答应，害怕被人杀掉。

变革

然后，就有两个楮星女人进来，把阿莎和微脑又带到了阿莎之前接受盘问的房间。

阿迪西亚说："阿莎有麻烦了！"

赖利说："她一需要帮助就会呼救的。"

微脑汇报了这次盘问，以及所有可能的严重后果。阿莎又被带回那个男犯人的房间。阿迪西亚再也忍不住了。

"让我下去！我们等不及了！"

陶德问："怎么是你？"

阿迪西亚说："因为……"

陶德说："我觉得不该让这个年轻人去，他没有经验。"

赖利说："只有这样才能有经验。"

阿迪西亚说："我有微脑。"

赖利说："我们需要把徽章留在这里，跟阿莎保持联系。"

陶德说："可是，我们让这个年轻人去，必须有协助他的措施，也必须有让他求救的办法。"

微脑说："只要你让我接触任何金属物体，我就能把这物体当作通信设备，但只有徽章才能装载我的所有能力。"

阿迪西亚有一个耳环，摘下来交给赖利，伸出徽章，碰了一下耳环。阿迪西亚又把耳环戴回原位，让徽章留在赖利双手中。

赖利操纵红色球体下降，来到了楮星人城市的郊区。他完全不担心楮星人可能会看到。之前赖利了解到的，关于楮星人杀死一切男人的理由，让他认为阿迪西亚可能需要装成一种超自然的降临，这对他会有好处。

赖利说："千万记着！"

赖利看着阿迪西亚穿过红色球体的一边，来到赭星表面，在城市里消失了。

第十四章

阿莎同情地打量着作为牺牲的赭星男人，不顾反对，伸手解开绑住他的带子。阿莎用鸟语说："别担心，我会保护你的。"

阿莎扶着男人坐起来。这一扶险些用力过猛，阿莎一松手，男人就倒下去了。阿莎又把他拽了起来，说："别动！"然后进了厕所兼厨房，找了一块布、一点水。回来看见男人又倒在桌子上。阿莎给他擦了脸，擦了身子，把他的瘦弱看得更清楚了。男人虽然没有反抗，却相当不悦，脑袋来回摇晃。阿莎想，他已经变成对赭星女人来说类似动物的存在了，多么可怜啊！不过，赭星上可能从来如此，男人总是比女人矮小、软弱；也可能因为这个男人矮小软弱，所以才活了下来。

阿莎从厨房拿了些谷子，掺上些水，用她找到的一个类似勺子的工具碾碎了；把这类似粥的东西舀了一点，送进男人嘴里。粥从一边淌了下来。阿莎给他擦干净，又试了一次。几次之后，男人终于嚼了嚼，咽了下去。喂了几口，阿莎停下，让男人休息一阵，继续，最后吃完了一半。再歇一阵，接着阿莎扶着他坐起来的时候，他自己坐直了。

阿莎问："那些女人怎么对待你这么糟糕？"

他说："活着从来都不容易。"

"男人都是奴隶吗？"

"从来都是如此。"

"还变得更糟了。"阿莎说,"不光是别的男人死了,是女人把他们杀害了。"

这个凶信,男人过了片刻才明白,浑身开始发抖。阿莎一只手放在他肩上稳住他。男人问道:"为什么?"

阿莎说:"有一瞬间,人人都疯了。"

赭星人说:"女人从来没有发疯过。她们可能会很刻薄很残忍,但向来都有原因。"

阿莎说:"她们说是远古的诸神下的命令。"

赭星人说:"没有神。这是你告诉我的啊。"

阿莎说:"要是我没猜错的话,他们看起来确实很像神灵;他们是很强大的生物,来自你知道的这个世界外面。但是那些女人都糊涂了,以为远古的诸神回来了,命令她们杀掉所有男人。"

赭星人问:"从另一个世界来的?"

"你知道别的世界吗?"

"我听那些女人说起过天上飞的飞船,说起有些世界像我们的世界,可又不一样;那些世界住着各种各样的人,还有一些组织,负责管理这些世界联系的各种途径。但我从来没见过这些东西,这些都是女人负责的事。"

"显然,你如今已经看见了。"

"你也是从别的世界来的?"

"对,我来这里是为了发现,为什么这里的女人把之前学到的,关于这个世界的知识,关于这个世界在宇宙里的位置全都忘了。"

赭星男人又展现出一开始见到阿莎时候的绝望表情,"要是她们已经忘了,赭星就没救了,只剩下死亡,绝灭。"

阿莎说："也许吧，我的任务可能就是调查这一切是怎么发生的，阻止别的世界也发生这种事。不过，还有一种办法，可以救这些赭星人。"

"什么办法？"

阿莎说："你。"

赭星人说："女人都失败了，一个没用的男人能做什么？"

"我不知道。"阿莎说，"不过我会想办法的。你先休息，不要担心。我这个女人还没有失败过。"

赭星人躺回桌子上，闭了眼。片刻之后，似乎已经睡着了。阿莎对徽章轻声道："行了，飞船上情况怎么样？"

微脑说："阿迪西亚已经下了飞船来救你了。"

"开什么玩笑！"阿莎说，"他们怎么没有阻止他？"

"陶德想要阻止，可阿迪西亚坚持要来，赖利也就让阿迪西亚来了。这个年轻的人类缺乏耐心，可能赖利觉得行动会让他更加明智一些。"

阿莎想了想，地球上那个人类领袖拉莎，还有她手下那帮"无名者"，与地球的中央微脑之间曾经有过长期冲突的历史。"现在我还必须救阿迪西亚不可！"

"阿迪西亚已经进入城市。飞船上，赖利和陶德正在争论，谁要对妨碍你的任务负责，以及他们是否要采取行动救援你们两个。"

阿莎说："他们现在绝对不能动！"接着又自言自语了一句："男人啊！"说完了才意识到，她刚刚才责怪赭星女人犯的错误，她自己也犯了。

阿迪西亚进城刚刚走了几千米，就有一队赭星人骑着巨鸟，忽地降落在他的周围。这些人可能是因为见到飞船降落，显得很警惕，但并没有显出对飞船的恐惧。这些人一共七个，跟阿莎之前遇见的人数一样。可能赭星的巡逻队都是七人一组，也可能负责检查外星人、神灵、魔鬼的人就是这么固定的七个。巡逻队把阿迪西亚围了起来。他想过反抗，但这些赭星人都很健壮，身手也似乎不错，最重要的是这些人也许会把他带到想去的地方。巡逻队员彼此用鸟语说了几句。阿迪西亚想象，她们说的可能是"又有一个外来的人出现了，跟之前那个差不多，只是形状不一样"。大概还有，"也许这个访客是天上来的神灵，但更可能是魔鬼"。

耳环低语："她们在讨论，是现在杀了你，还是等一下再杀。"

众人把阿迪西亚拖向一只巨鸟，强迫他坐上去，然后一个赭星人坐到他后面，把他牢牢抓住。这个女人强壮得很。阿迪西亚想，只要迫不得已，他应该可以挣脱。年轻人尽管身材纤细，但一直很有力气；拉莎公社的生活也包括体力劳动、游戏、锻炼。不过他还是必须前往阿莎囚禁的地方，这些抓住他的人可能是他最好的寻找方式。

阿迪西亚比阿莎要重一些，他骑的那只巨鸟起飞也比较困难。很快，阿迪西亚就经历了与阿莎走过的一样怕人的空中道路，只是这次掠过的不是乡间田野，而是城市的楼顶和尖塔。不过只花了几分钟，鸟群就落在了一座大厦顶端，他骑的巨鸟落下来的时候，踉跄了几步，差点儿瘫倒。如果一切如他所愿，阿莎当初来的也是这儿。屋顶边缘的大笼子很像微脑之前描述的，滑动门和通向走廊的台阶也一样，不过他们之前掠过的很多楼房可能都是这个结构。

赭星人把他推进一个房间，可能就是先前阿莎囚禁的地方，但他看不到任何阿莎在这里停留过的痕迹。门在他身后关上了。他孑然一身，待在一所外星监狱，不知道接下来怎么办。

耳环的微脑说："阿莎不觉得你来是个好主意。"语调如往常一样毫无起伏，在这个陌生的环境发出奇怪的回响，"似乎她是对的。"

"作为一个思想机器，你发表不成熟的判断可真够快啊。"阿迪西亚之前已经意识到微脑帮助他们调查可能的外星入侵，与微脑达成了休战，但是一辈子的仇恨并不那么容易消除。

"哪怕是思想机器也必须评估成功的各种可能性。"微脑说，"但我谈论的是阿莎。她已经知道你被关了起来，指示你不要采取任何干涉她计划的行动。"

"那她有什么计划？"

"她还没有向我透露。"

阿迪西亚说："那么，只有她明确告知，我才会知道干涉是什么意思；在此之前，我必须采取一切我认为适当的行动。"

"这似乎并不符合——"

"我们都不知道什么才算符合，对吧？把门打开！"阿迪西亚把耳朵贴在门上，门咔嗒一响，滑到一边。门外，一个赭星人和他脸对脸，看见他，很是生气，边说鸟语边把他推了回去，自己也跟着他进来了。门关上。赭星女人站在他跟前，背对房门，像是在挑战：有本事就把我打倒再出去！女人抱着胳膊，瞪着他。

阿迪西亚问："她说什么？"

微脑小声说："可能不明智，如果——"

赭星人双眼盯住阿迪西亚的耳朵，像是听见了什么。

阿迪西亚说："我们需要信息。"

"她说你跟之前那个魔鬼一样，但你更坏，因为你好像是个男人，只是她打算确认一下。"

阿迪西亚说："至少她们跟阿莎确实有了交流。"

赭星人又说一句鸟语，指向他的耳朵。

微脑说："她想知道我是什么。"

"告诉她，你是我的翻译机。"

耳环说了一句鸟语，沉默了。赭星人走上前，显然暂时忘掉了愤怒或者怀疑，一只手摸了下阿迪西亚的耳朵，又紧紧捏了捏，像是要把耳环揪下来。阿迪西亚用手盖住她的手，留在原地不让她动。

"你告诉她，"阿迪西亚说，"翻译机是我身体的一部分，如果拆下来，会对我们俩都很危险。"

叠在一起的两只手下面传出一句瓮声瓮气的鸟语，阿迪西亚感觉赭星人的手放松了，便也放开了自己的手。赭星人拿开手，但阿迪西亚又发现那只手还停留在他的胸口上。

阿迪西亚说："你告诉她，我不是神灵，也不是魔鬼，我是人，只不过跟这儿的人的形状不太一样。我是从天上来的，要帮助她的人民。"

耳环鸟语。赭星人作出了反应，又抱起胳膊，说的鸟语似乎更加慎重了。

微脑报告："她说的是，她的人民不需要任何帮助，特别是不需要一个既不是神灵也不是魔鬼的男人帮助。"

阿迪西亚说："你告诉她，她长得非常漂亮，如果这个世界很公平，她就会拥有一个漂亮的大家庭，变成她的人民的一位领袖。"

变革

赭星男人挣扎着自己坐了起来。阿莎一直耐心等着他醒来,男人见到阿莎就在旁边,似乎吓了一跳,然后才想起了之前的事。阿莎捧着一碗粥又要喂他,他却拿过碗和餐具,自己吃了起来。显然,他感觉好多了。

男人吃完了,阿莎说:"你现在必须告诉我,怎么向别的赭星人——女人传递信息。"

"我不知道你说的'信息'是什么意思。"

阿莎说:"就是不用说话的别的交流的办法。"

"我不知道别的办法。"

阿莎说:"在什么东西表面刻上的符号,有的东西可以扔,就像衣服;有的东西永远留着,就像玻璃、金属。"

"我有时候看见女人画画儿。"赭星人说,"可那些都是女人的事。"

阿莎问:"你从来没有学过写字?也没学过看书?"

"我不知道'写字''看书'是什么意思。"

阿莎换了一种办法,"要是女人从远古的诸神拿到了一个信息,她们是怎么拿到的?"

赭星人说:"没有诸神。"

阿莎坚持问:"可要是有神,这个信息是从天上有人说的声音?是箱子里发出来的声音?还是刻在什么表面的一些画儿?"

赭星人又说:"没有诸神。"

阿莎听见门外传来什么响动,像是有人在扭打。过了片刻,门开了,两个健壮的赭星人把阿迪西亚推了进来。阿迪西亚挂了彩,但却露出一个微笑:"哎,阿莎。"

卫兵瞪了三人一眼,退出去关了门。

阿莎问："你没事吧？"看见阿迪西亚，她确实很高兴，但不想让他忘了，他无视了自己的命令。

"我挺好的。"阿迪西亚高高兴兴说，"我想，我要是制造点麻烦，赭星人应该会把我跟你关在一块儿。结果不出所料。"

阿莎承认："至少我不用专门去找你了。"

阿迪西亚说："我也不用专门找你了。"

阿迪西亚语气带着一种平等判断的色彩，阿莎觉得他年纪太轻，经验也不足，不应该这么说话。但阿莎还是决定，这个以后再说。"我已经发现了目前我要发现的一切。"她说，"显然，一些长周期之前，有些外星人入侵了赭星，赭星人没办法理解这些外星人，就以为他们是神；外星人命令赭星人把男人都杀掉。"

阿迪西亚："这种入侵战术可不寻常。"

阿莎："但是很有效，能在一两代人当中毁掉一个民族，而且省事，连处理尸体都不用了。"

阿迪西亚："但是这不符合我们看见的之前两个星球上的情况。"

"的确不符合。"阿莎承认，"因为这一点，我觉得这个信息，如果真是信息的话，是被误读了；入侵者在每个星球上会以不同的方式影响主要的物种；方式取决于物种的生理和文化，就好像入侵者在使用一些量身定制的神经毒素一样。有些情况会让这个物种丧命，有些情况会破坏高级的神经功能，有些情况会消除文化上的记忆，发出指令，导致物种自杀。"

阿迪西亚说："除非信息本身就是错误的。"

"对。"

阿迪西亚说："这么说，你已经掌握了重要的情报。"

变革

阿莎说:"不错。"她很高兴阿迪西亚感到有必要协助自己的工作。这种水平的成熟,阿莎还没有见过这个小伙子表现出来。"不过,我得做些事情帮助楮星人,特别是这个楮星人。"她指向那个男人。那个男人一会儿看阿莎,一会儿看阿迪西亚,好像在学人类的语言。"他已经有了很糟糕的体验,还会有更糟糕的体验;如果能让他得到更好的待遇,可能就会拯救整个物种。"

"你要怎么做呢?"

阿莎说:"我在想办法给楮星人留个信息,好像是诸神命令她们杀掉男人。我们要告诉她们,这是不对的,必须尊重那个男人,给他良好的待遇。"

阿迪西亚问:"那你怎么不留信息呢?"

阿莎说:"我不知道怎么留。"

阿迪西亚说:"说到这一点,楮星人有一种电子通信系统,对科技发展至关重要,但是如今的楮星人已经忘了怎么维护这个系统,也忘了一开始是怎么建起来的。所以她们就改骑巨鸟了。那些所谓的诸神也是这么传递启示。这些情报,微脑本来应该可以推测出来。"

阿莎问:"你是怎么知道的?"

阿迪西亚说:"有个守卫——"

阿莎说:"无所谓了。"转向楮星男人,对他说了几句鸟语,又换成人类语言:"我们马上就要走了,但是你如果坚持自己的权利,那些女人应该会给你好一些的待遇。一定要让她们教会你,也教会你的男人后代学会读书写字。反正你要当你们民族的父亲了呀。"

阿莎从胸口举起徽章,"告知赖利我们的所在地,我们15分钟内在屋顶上见他。"

阿迪西亚一脸敬畏的神情,"15 分钟?"

阿莎没有回答,让徽章触碰到门上。门咔嗒一声滑开了。阿莎趁着两个守卫还没反应过来,掐住两人的脖子,将她们拉进房间,把她们举起的手臂撞到一边,用坚硬的手掌劈在两人脖颈的侧面。这一击对赭星人跟人类一样有效,两人倒在地上不省人事。阿莎把两人先后拉到桌子旁边。赭星男人坐在桌子上,惊愕万分,恐惧莫名。

阿莎用鸟语说:"她们醒过来,你就告诉她们,诸神已经选定你作为她们的救主,祝她们一切好运。——现在,该你了。"

阿莎对阿迪西亚点头。两人沿着走廊往下跑去,上楼梯,出了屋顶上的滑动门。阿莎找到一根金属棍子,把房门别上。红色飞船降落,与此同时,两人打坏了几个笼子,把惊讶的巨鸟放了出来,让它们拍着翅膀飞上天空。

阿莎和阿迪西亚钻进飞船,赖利抱住阿莎,"欢迎你回来!"一只手伸给阿迪西亚,"也欢迎你!"

阿莎说:"我们成功把信息传给了赭星人。"

赖利说:"我知道。"

陶德说:"微脑告诉我们,已经建立了通信方式。"

阿莎转向阿迪西亚,"可是,你不该下来的。"

阿迪西亚说:"说到这个,我还有点儿别的东西带给你们。"

"什么东西?"

"远古的诸神传递的信息。"

阿莎问:"你怎么——"

阿迪西亚也说:"那儿有个守卫——"

第十五章

　　飞船一离开赭星大气，开始脱离赭星太阳系，前往下一个跃迁点，阿莎就把经历原原本本告诉了大家：遇到一群尚武的赭星女人，她们杀掉了赭星男人，这些男人似乎始终被当成捐精的工具；女人们还发现了一个男人，把他关起来虐待。

　　阿莎说："赭星上的情况是赭星生物进化路径的结果，也是后来文化发展的结果。某种外星入侵者发动的袭击，不知是有意还是无意，瞄准了赭星的一个弱点，消除了赭星近代史的记忆。人们不记得赭星进入了太空时代，也不记得与银河联邦有过联系。赭星人现在又恢复了古老的迷信文化，还存在一种精神状态，认为发生过一次'启示'，不管这'启示'究竟是什么，赭星人都把它理解成远古的诸神下令要杀掉所有男人。"

　　阿迪西亚说："这个启示，好像是一种传递的信息。"

　　赖利问："你是怎么知道的？"

　　"有个卫兵告诉我的。"

　　"卫兵怎么会告诉你这些？"陶德问，"再说她也没办法告诉你这些，你不会说赭星语，也听不懂。"

　　阿迪西亚说："还有别的交流方式。"

　　这是阿迪西亚第一次说微脑的好话，阿莎觉得这说明工作环境改善了。"你是说,她觉得你很有魅力?"

"很难相信吗?"

阿莎说:"你确实挺好看的,但你是人类而她是楮星人啊。"

阿迪西亚说:"可我是个男的。"

阿莎说:"即使会发生可能性很小的跨物种吸引,楮星人这一方也存在额外的困难:一是女权社会,二是男人灭绝。"

阿迪西亚说:"这只是让我们的体验更加热烈而已。"

阿莎说:"你是说相互吸引?"

赖利说:"你是说你跟一个楮星人发生了性关系?"

阿迪西亚说:"这一点,细节就不用说了。不过这样的事,如果真的可能发生的话,虽然阿莎说可能性不大,那肯定不可能有生物学上的后果。"

阿莎说:"跨物种授精?"

阿迪西亚说:"我可没这么说。"

陶德说:"当然不可能,除非楮星人只需要这种刺激完成自我授精。"

阿迪西亚说:"你开玩笑吧?"

陶德说:"相反,银河系的物种数以千计——甚至数以亿计,每一种都有不同的进化途径,包括用于生存的不同进化策略。其实——"

阿迪西亚:"反正,她告诉我,'启示'让楮星女人杀掉了楮星男人。"

赖利问:"这个启示究竟是什么东西?"

微脑说:"可能是以电子信号的形式接收的,但可能不是以电子信号的形式传递的,如果传递这个说法准确的话。楮星人对阿迪西亚

变革

显示的信息有很多奇怪的词汇和语法结构，所用的语言不仅不熟悉，而且结构十分独特，类似地球鸟类的语言，虽然这种语言很原始。"

陶德："你别找借口了。信息说的什么？"

微脑："我掌握的只是一团十分混乱的类似词语的符号，可能需要很多个周期甚至长周期才能将这些与之前忘忧星和半人马星的发现关联起来——"

阿莎："对，我们理解，不可能作出结论，所有信息都是碎片。"

微脑："尽管如此，赭星人告知阿迪西亚的信息却可以用银河标准语写出大概。"

飞船为众人塑造出的饭厅墙上出现一行字：

为了 我们 是 不 ☒ ☒ ☐ 们 的 这 的 服务 我们 阻挡 我 ☒ ●● 茫茫 沟 此 来 内部 目 的 ☒ ◆◆ 此地 太阳 而 寻 找 目 的

四个人看着一行文字与符号的混合，好像接着分析就能从一团乱麻中理出头绪一般。

赖利问："这些符号是什么意思？"

微脑说："这些是无法翻译的地方，需要更多信息。"

阿莎问："那这些字大小不一样，有的地方有强调符号，又是什么意思？"

微脑说："你的问题，媒介无法回答。这只是外星文字信息的转写。"

陶德说："银河标准语没有这样的符号和强调符号。"

微脑说:"银河标准语在很多方面有局限。"

陶德说:"地球的微脑也是如此。"

阿莎说:"但我们就只有这些了。我有信心,再过一段时间,有了更多数据,微脑就能帮助我们得出答案。"

可阿莎心里却不像嘴上那么有底,赖利也是一样。

前往跃迁点的旅途很漫长。在此期间,他们把这条神秘信息研究了很多遍,破译却毫无进展。微脑沉默了很久,也许是全部能量都用来把众人的历次冒险数据关联到一起了。微脑一秒钟能计算数百万次,但哪怕最快的计算也不如大家能够访问的信息来得好。

赖利说:"这条信息没有什么内容能让一群联邦成员发疯一般自相残杀呀。"

陶德说:"也不会让一个文明物种变成无脑的猎物。"

赖利补充:"也不会让整个物种毁灭。"

阿莎说:"而且没有任何指示告诉女人杀男人。"

阿迪西亚说:"至少我们能理解的部分没有。"

赖利说:"有可能赭星女人根本不知道这条信息,也从来没有知道过。这一类指示可能只有领袖才知道,余下的人只是遵命而行。"

阿迪西亚问:"她为什么要撒谎呢?"

赖利说:"人们经常把自己说得比实际情况更加重要。而且她知道你不会赭星鸟语,她可以瞎编一气,你也会听得一样目不转睛。"

阿莎说:"可是——"

变革

赖利说:"可是什么?"

"可是这一类信息大概也会传播得尽可能广泛。如果真是从诸神那里获得的'启示',就可能已经在赭星社会传开了。而且,所有的女人都忘掉了赭星最近的历史,只有那个男人不知怎的活了下来,可能因为女人看他太不起眼,把他忽视了,也可能他躲起来了,也可能因为他是个男的。"

陶德说:"这就是说,我们必须假定那条荒唐的信息是真的了?"

阿莎说:"也能作一些别的假设。"阿莎指出,从目前的资料判断,假如真是外星入侵,那他们调查的这些星球对外星入侵的反应各不相同:集体发疯,集体死亡,集体痴呆,集体屠杀。每一种情况都像是专门针对这个物种的脆弱之处量身定做,也可能是同样的攻击让每一个物种根据自己的进化史和文化作出了不同的反应。

赖利说:"不管哪一种情况,我们都面临同一个问题:入侵者想要什么?"

陶德说:"想要一切入侵者都要的东西——毁灭,征服,或者既毁灭又征服。"

阿迪西亚说:"可他们什么也没征服,就只有毁灭呀。"

陶德说:"毁灭就算一种征服。外星种族就跟人类一样,不那么容易分类。有些只是为了杀戮而杀戮,有些杀戮是为了破坏别人的竞争。有些寿命很长,会给数百个甚至数千个长周期作安排,可能会在这些星球人口减少之后再回来。"

阿莎说:"我们有些小说家猜测,世界大战、污染环境、气候变化,都是外星人干的。"

赖利说:"忘忧星已经没人了。不过这个地方居住条件不算好,也不适合呼吸，除非是当地人。"

陶德说："半人马星很快就会减少，只剩下剑齿虎。没了半人马当猎物，剑齿虎也会饿死的。"

"至于赭星人，等到最年轻的死了，也就灭绝了。"阿莎说，"除非我的信息让她们相信，诸神已经改变主意，把那个唯一的男人当成救主。"

然而，就算这些讨论循环往复，也不会比跃迁点之间的旅途更长。这段旅途实在是太长太沉闷了。从跃迁点飞往陶德指引他们前去的那个太阳系，先是通过一片虚空时的欢欣鼓舞，接着是宛如无休无止的旅程。这个太阳是一颗红矮星，大小只有地球太阳的三分之一，亮度只有十分之一。

陶德说："银河系的恒星太阳有四分之三都是红矮星。因为丧失能量源的速度太慢，所有其他更大更亮的恒星太阳都坍缩或者爆炸了，没有按照正常毁灭的顺序来，这些红矮星反而一直存在下去。红矮星就是银河系的不死星，宇宙其他地方都已经黑暗了，红矮星的行星上还会有繁荣的生命。"

红矮星的各个行星轨道十分接近主星，就好像一群孩子在寒夜星簇拥在微弱的火边取暖。最近的行星，从前是一颗气态巨行星，深层大气已经被太阳风吹跑了（尽管这里的太阳风比真正的太阳系微弱许多），露出光秃秃的岩石内核，几个周期就绕着红矮星跑一圈。第二颗行星却是一个蔚蓝世界，但公转速度比较快，22个周期绕日一周。它正好位于"适居带"内部，拥有液体的水，因为距离主星暗淡的光辉只有几百万千米。这意味着行星的各大洋也是液体的；准确地说，只有一个大洋，因为陶德说，这个星球用银河标准语的地球同义词表达，应该是"大洋星"。

变革

这是一个水的世界，大洋覆盖整个星球表面，深达数百千米。

海洋生命在这个环境里繁荣起来。尽管没有大洲，也没有小岛，洋面却漂浮着海草，结成大块，形成了漂浮的栖息地；有些只能持续几个周期，有些则是永久性的。那些长着鳃的生物爬到海草上，进化出了肺，有时仍回到海洋。海洋生物分层而居，顶层是微生物，把阳光和空气转化成碳基食物和氧气，供给浮游生物和一些类似磷虾的动物；这些生物又成了鱼类和类似鱼的哺乳类的食物。以此类推，越来越深，最后到了底层。在这里，身披盔甲的凝胶状生命，依赖海底温泉的温度和营养物存活。

那些哺乳类是从爬到海草上的生物进化而来的，在极长的周期当中，它们又返回了海洋。它们逐渐变得十分庞大，有些发展出了深潜能力，能够到深海搜寻食物，而不必在海洋最上部的几层过度捕食浮游生物和磷虾。这些深潜者无一例外都接触了当地种群，特别是那些统治海底，拥有巨型大脑的触手生物，爆发一场场恶斗。有时哺乳类获胜，把猎物的触手带回到水面；有时触手生物占优，死死抓住敌人，直到敌人溺亡为止；还有些时候哺乳类会满身伤痕地返回，吃那些浮上海面的尸体为生，或者再次潜入深海，再来一场大战。

陶德说："实际上，正是那些哺乳类生物发现了科学。"

微脑说："地球的语言中，科学这个词就是知识的意思。"

于是，哺乳类的知识越来越多，一代代传下去；传承靠的是它们唱的歌，因为除了歌，就没有其他记录知识的办法了。哺乳类变成了哲学家，产生了伟大的思想，却无法翻译成任何切实可感的东西。这种情况又持续了成千上万个周期，歌曲越来越长，越来越复杂，最后出现了一个新的音符，建议这些生物采取措施，捕获太阳柔和光辉里的能量，驾驭风暴，平息浪涛；让海洋生物的思想，取代各种无情的自然现象，成为自身环境的主宰。然而，念头一直继续，这些哺乳类却没有手，除了游泳和思想，再也没有办法与环境互动。

其他生物回答：那些深海的触手生物呢？它们有办法操纵物体啊。这首歌又持续了几十个长周期，最后又有一个新的声音加入了一个音符："咱们想个办法，去跟触手生物谈一谈！"它们一直努力着，终于，成功发送又成功接收了一条信息。哺乳类和触手类克服重重困难，达成了和解，然后团结起来改造环境，探索星球，在大洋星上创造了文明。

陶德说："这些生物没办法建造宇宙飞船。纯粹是凭借不可思议的宇宙机缘，一位银河联邦科学家发现了一组电子信号，是从一个神秘地方传来的。这地方没有联邦星球的存在，没有可见的恒星，因为大多数红矮星都是不可见的。又正好有一艘飞船来到这个暗淡的星系，发现了大洋星，向联邦中央汇报了。这当然是多少万个长周期以前的事情，后来变成了神话传说。哺乳类的哲学思想充实了联邦的精神生活，而那些聪明的触手类也让很多联邦科技突飞猛进。只有很少的小型触手类生物曾经被带到联邦空域，又返回了家乡，但大洋星的居民对联邦文明作出了关键的贡献，只是相距遥远而已。"

陶德最后加上一句："如今这些生命也沉默了。"

阿莎说："这故事可真棒啊。不知道多少是传说，多少是真的。"

陶德说："一切传说都有这个问题。总是有一个真正的内核，但想要确定这个内核是什么，有时候根本做不到。"

赖利说："但是，像大洋星这样的世界，这样的生物，我们该怎么探索那儿的情况呢？"

陶德说："我们必须非常机灵，非常勇敢。可能还得有些无所顾忌。"

赖利说："我们？"

陶德说："必须你和我两个人去。"

第十六章

红色球体将赖利和陶德放在了这颗星球最大的浮岛上。两个人穿上了红色的防护服，这防护服是飞船用自己的材料给他们做出来的，生产的机制还没有弄清楚。两人曾经在漫长的旅途中议论过这种事。陶德怀疑这飞船神秘的"变形虫"结构是否可以信任，赖利则愿意相信自己和飞船建立的共生关系；早在恐龙星上的时候，那座存放飞船的神庙升起来，赖利发现了这艘飞船，他就有这种感觉了。阿莎和微脑也继续探索构成飞船的材料，赖利称之为"智能物质"。

他们调查大洋星的沉默需要的时间太长，防护服的作用没办法持续这么久。这防护服外面是一层红色薄膜，背上有一个突起，储存空气；还有一个功能，将人呼出的气体转化成可呼吸的氮气和氧气。不过能力有限，只能持续一个周期，特别是在剧烈运动的时候，可持续的时间就更短了。因此，陶德刚把蹄子踏在浮岛结块的海藻上，就把长鼻子伸出红色防护膜，小心翼翼地吸了口气。

陶德犹疑不定地沉默了片刻，然后说："外面可以呼吸！这里空气很潮湿，还充满了海洋和腐烂植物的味道，但是没有毒。细菌和病毒的情况好像也能忍受，至少不会让我们改进的免疫反应系统受不了。"

赖利说："那我就相信你啦。"但他还是觉得，自己在联邦服役了很久，陶德经历的外星环境比他多多了，抵抗外星微生物威胁的免疫措施也多多了。赖利脱下包裹头部的防护服,"不过咱们最好还是穿着。等要探索海洋,或者不小心掉进海里的时候,可能就用得上了。"

这个浮岛方圆只有几千米。海藻上有当地生物和风暴运来的土壤,把植物纤维牢牢地粘在一起,像是坚固的地面,但两人踩上去却感觉像踩在海绵上一样软。昆虫到处乱飞,地面上小动物跑来跑去。赖利一边拍打飞虫一边想:这个开头可不太妙啊。

赖利说:"现在怎么办?"

陶德说:"咱们开始探查。"

两人迈着沉重的步子,在浮岛上走了一圈,最后穿过了浮岛中心地带,来到了浮岛边缘;前面是广袤的海洋,覆盖着整个星球。两人探查下来,见到一些类似鱼的生物跃出水面,还有甲壳动物,以及会筑巢的生物在用海藻和泥土建起了小房子;这些陆地生物被外星来客惊扰,会慌不择路地撞上他们。不过大多数生物还是飞虫,似乎很欢迎这两个新的食物来源。

赖利拍打飞虫,毫无成效,"滚!你们要是敢咬我们,就非后悔不可!"转向陶德,"好,现在怎么办?"

"现在就等着头脑发达的哺乳类联系我们吧。"

赖利看向蔚蓝的海,盼望有什么巨型海兽冲出水面;然而却只有波浪永无休止地翻滚,浮岛在两人脚下起伏,让人几乎感觉不到。整整过了大洋星的一天。这一天只相当于地球的六个小时,这颗红矮星周围的行星旋转很快,加快了昼夜更替。然后又过了大洋星的一夜,同样短促。天上其他行星距离比大多数太阳恒星系更近,那些系统的行星,只不过是夜空里的小光点,这里的行星却是小圆球,反射着红矮星的光,把海洋也照亮了。

变革

赖利说："咱们可不能就这么坐着跟虫子干仗啊。"

陶德说："你向来说得没错。"

陶德跪在浮岛边缘，蓝色海潮平缓地向着双脚滚来。陶德向水面低头，用鼻子握住徽章，挤过分开的防护服表面，浸入了海水中，"你听见什么了？"

水中传来一阵不清不楚的言语。陶德举起徽章，"刚才没听懂。"

微脑说："只有水体流动的声音。"

陶德说："再听听。这一次听听大洋的声音，如果只听这一类会有很多，是生物跟生物交谈的声音。"陶德又把徽章放进海水，浸了几分钟，又拿出来。

"有吗？"

微脑说："有一些声音，因为海浪干扰听不清，不过除了水体流动确实还有别的声音。我无法分辨出智慧生命的声音。"

陶德说："我们离浮岛太近了。"

赖利问："什么意思？"

"咱们当中的一个，必须再走远一点，走到海水更平静的地方。"

"所以？"

"多利安人不会游泳。"陶德瞧着赖利。

赖利说："我估计你就是说我该去吧。"他可是越来越不喜欢这次探险了。他没有提醒陶德，自己在火星上长大，根本没有江河湖海可以游泳；他唯一一次深水经验是杰克的飞船把他扔到了一个湖里，这个湖旁边的城市，是在拉斯维加斯的废墟上重建的。但他还是抚摸了一下红色防护膜，在头上合拢起来，整个人滑进了海水当中。他想，但愿这防护服可以提供足够的浮力。他努力不去想这片包裹了整个星球的大洋，身体下面数百千米的深渊，这里栖息着无数大大小小的生物，可能会把自己当成天赐的美食。

赖利挣扎了几分钟，拼命想在水面上伸出脑袋，不让腿脚沉下去。呼吸太过急促，有限的空气供应快支撑不住了。

微脑说："要相信自己的身体。人脑连接着各种腺体分泌物，导致恐慌。"

赖利集中精神，控制肾上腺素的分泌，呼吸放缓了，身体也不再对抗周围想要吞掉他的介质。身子漂了起来，随着身下的波浪一起一伏，宛如躺在了摇晃的床上一般。

"好多了。"微脑说，"人类真是脆弱的生物，竟然还能够生存这么久，创造出会思想的机器，着实令人惊讶。"

赖利说："还有更令人惊讶的。对机器那种高人一等的态度，他们竟然能够忍受那么长的时间。"

赖利开始掌握了窍门，手臂试着划了几下，让自己在水中前进；腿也快速蹬了几下，前进得更快了。没多久，他距离浮岛就有了好几十米，准备再一次探测水下声音。他把徽章穿过防护膜，翻了个身，脸部浸入了水中，相信这红色套装能够保护自己不沾水；然后伸直了手臂，把徽章放到深水中，停了几分钟，拿出来，又放回防护服里面。

"怎么样？"

微脑说："声音更多了。有生物游泳的声音，吃与被吃的声音，微生物把阳光变成食物的光合作用声音，几乎听不见。有生命的每一

变革

个角落都有活动。"

赖利说:"可是有没有我们想要识别的那些声音?"

微脑说:"还没有。这些声音里面都不传递信息,可能还在更远的地方。"

赖利手刨脚蹬,又划了几下水,又试了一次。这一次他让徽章在水下停了将近十分钟。

赖利收回徽章,微脑说:"我听见小型海生哺乳动物飞快行动的声音,好像是在追逐一群鱼类生物;可能还有一种哀怨的声音,距离很远,来自一头大型哺乳动物。还有更远的喧哗声,有一场大战爆发。"

赖利说:"好像还是没有成功啊。"

"这一类工作需要时间和耐心。"微脑说,"活体生命没有耐心。"

赖利说:"活体生命要面对生命周期的限制,可不像微脑无所谓!"

微脑说:"再来。"

赖利又重复了一遍流程,这一次探测了半个小时——或者说,打算探测半个小时;因为他感觉到身体下面有什么东西,把他拱得跃出了水面,紧接着又落回了水中。赖利倒吸一口冷气,那东西又拱了他一下。赖利把感觉集中到身体最远处,看看身上是不是缺了什么零件,显然什么也没缺。那东西停止了动作,大概它只是好奇,肚子还不饿。赖利从水中探出头,四处张望。水里面什么也看不见,只有一片深深的海洋,连浮岛都看不见。

他发现自己孤身一人,可能已经不知道浮岛在哪儿了。脑子里刚刚闪过这个念头,身体就被举了起来,不停升高,升高——他发现自己来到了一个巨大的灰东西背上,这东西很宽很长,活像神话里的巨怪"利维坦",这就是陶德说起过的那种哺乳类。这生物正和一头触手类殊死搏斗,触手类包裹住了"利维坦"的脑袋,封住了头顶上一个洞,"利维坦"就是用这个洞呼吸的。洞和触手刚好就在赖利被迫跪下的地方的旁边。

赖利抬头,正好与触手类那神秘的巨眼对视,赖利好似望着一扇窗户,而窗外是一种别样的现实。赖利知道,人类见到外星人就会有这样的反应,然而本能(被超验主义控制了,但还没有消灭)告诉他:要么行动,要么死亡,没有中间地带。本能还告诉他,要把手中依然攥着的徽章伸向最近的触手,那条封住"利维坦"呼吸孔的触手。他感到触手被电击了一下,瞬间猛地收缩,然后弹开了,触手类的眼睛也茫然了片刻。"利维坦"似乎深吸一口气,抖了一下身体,就把触手类甩到了空中,赖利也随着被甩出去了。

赖利扑通一声掉进海里,正了下身子,抬起头。触手类离得很远,但没有靠近而是沉入了巨大的水波中,那水波是"利维坦"飞快地游向远处而激起的。触手类好像不会游泳,要么就是刚才那一场恶斗让它精疲力竭了,但在远去途中似乎还在搜寻赖利的踪影。

赖利朝另一个方向游去。这时候他速度更快了,划水不是凭着经验而是由于恐慌。他一边前进,一边把徽章收回了衣服里面。

微脑说:"慢一些,要保存体力。你要走的路还很长,而攻击你的生物已经没有威胁了。"

"你说得轻巧!"赖利一边喘气一边说。

"这个困境并不是我让你面临的。"

赖利说:"对,还得谢谢你救我出来。"又喘一口气,"不知道你还会电击。"

"我还有很多能力,你不了解。"微脑说,"但你应该关注的任

变革

务是回到浮岛上,你已经偏离航道了,需要转向右侧。"

赖利说:"你还会指方向啊!"接着又拼命划起水来。要不是一直濒临生死关头,他倒是可能很享受游泳这事情的。

过了几分钟,微脑说:"不是电击,是电子信号。看来对机器有效,对外星生物也有效。"

半小时后,赖利终于爬到了浮岛岸上。

陶德站在几米开外。赖利刚摘下头套,陶德就说:"欢迎回来。你回来得很从容,完全不着急啊。"

赖利鄙视地看了多利安人一眼,"我被干扰了几次。"

"希望这干扰有用。"

"好吧,我确实遇上了一头你说的那种哺乳类。"

"那你们实现交流了吗?"

赖利说:"我只顾着救它的命了——也救我的命。"

"真的?"陶德有些怀疑,"你这是第一次下海探险吗?"

"是,而且威胁我们的正是你说的那种科技合作关系的另一半。"

"这么快就都遇见了!"

赖利说:"要是还能叫合作关系的话。我觉得合作关系已经没了。"

"啊。"

"永远没了。那触手类只是想把哺乳类干掉,而且好像快要成功了。"

"你介入了?"听陶德的语气,赖利说的话他一个字都不相信。

"是真的。"微脑说,"赖利的叙述完全准确。"

赖利说:"对,凭着微脑的帮助。"

陶德听了这些话沉思了片刻,接着抖了一下鼻子,赖利知道这个动作,他表示同意,至少表示接受现实。陶德说:"那我们的探索任务就完成一半了。你描述的情况如果是典型,而不是孤立事件,那么大洋星上的合作关系显然已经被破坏了,这两拨古老的敌人又变回了相互竞争的状态,但我们还是不知道究竟是什么原因导致的。"

"这个问题——"微脑发言,又突然中止了,接着说,"有一场风暴正在靠近,大小和强度都很可观。"

赖利望向浮岛另一侧的远方,果然,天边升起了乌云。

微脑说:"你们应当撤离,但是不知飞船能否及时赶到。"

赖利又看了看那片乌云,好像极短的时间内就靠近了很多,"应该是个好主意。"

陶德说:"这个岛,遇见风暴可能就完了。"

微脑说:"如果是飓风尺寸的风暴,那么飞船应该无法靠近到让你们登船的距离。"

赖利感到风大了,浮岛在脚下起伏不止,好像在等待它短暂生命的终结——还有赖利生命的终结。

第十七章

赖利和陶德下到浮岛上去了,在红色球体中,阿莎和阿迪西亚感到格外空虚。自从阿迪西亚在地球上救了阿莎,没有让她因拉莎的热情好客窒息而死以来,这是两人第一次单独相处。那次相遇的环境十分不同:阿迪西亚想要摆脱地球公社那种可怕的影响,阿莎想要继续执行任务,与赖利恢复联系。如今,又缺少了微脑这个中间人。赖利和陶德带着两块徽章去了大洋星,只有阿迪西亚的耳环可以作为通信的接收器。

"赖利和陶德好像还算安全。"阿莎说,"我们应该趁现在探索一下大洋星其他地方。"

阿迪西亚点头,"微脑同意。"

阿莎问:"你跟微脑和解了?"

阿迪西亚说:"停战了。只要微脑对我们的任务还有用,我就不会阻碍它,也不会破坏它。只要我执行的功能还有用,它就不会想要控制我。"

"那你是怎么知道这些规矩的?"

"有些事情用不着说出来。"阿迪西亚说,"就像你跟赖利之间心照不宣一样。"

阿莎说:"那是因为我们有一种强烈的纽带的感觉——以前有个

太过宽泛的词,就是'爱'。"

"还有一种互相反对的强烈感觉,会产生类似的反应,以前人们管它叫'恨'。"阿迪西亚说,"我不可能把这一生的怀疑和敌意全都消除掉,就好像微脑不可能把电路中最基本的指令去掉一样——它觉得需要把某人闷死,就会自告奋勇提供服务!"

他又说:"还有一件事更奇怪,陶德非要赖利跟他一块儿去不可。"

阿莎说:"他们俩还在让两个人的关系进一步明朗,就好像两只雄性野兽,绕着彼此慢慢走,看看谁是兽群的领队。"

阿迪西亚说:"他们已经不该有这种少年的冲动了。"

阿莎说:"超验,并不意味着我们的生理冲动都已经去掉了,只不过我们知道它们存在,可以应对了而已。"

阿莎已经启动了飞船,绕着大洋星打圈圈。两人一直看着屏幕,想要寻找海洋中一切生命迹象,但只是偶尔看见一个海藻缠结形成的浮岛,和他们把赖利、陶德放下去的那个浮岛很像,此外还偶尔能见到云朵和风暴。两人发现,北极附近的海洋又出现一处更加庞大的气象干扰,还有一个干扰区位于赤道附近,移动速度很快,但这两个地区距离赖利、陶德所在的浮岛都有数百千米。

阿迪西亚报告:"赖利和陶德在岛上没发现什么重要东西。陶德在用徽章探测水下的通信。"

阿莎说:"这又说明,微脑对我们的调查贡献很大。"

阿迪西亚说:"但是没有成功。陶德在说服赖利,让赖利游到海里去。"

阿莎说:"赖利不会游泳。"

"陶德也不会。赖利现在下水了,好像在挣扎——"

变革

"他会被淹死的!"

"现在好一些了。"阿迪西亚说,"对,微脑报告,赖利游泳技术进步了。"

想到赖利面临险境,阿莎的忧虑涌了上来,她努力压抑住。赖利知道,自己在跟陶德争夺领头羊的位置,他在努力不让这种竞争公开化,那样只有直接冲突才能解决,也在努力不让竞争影响他们的任务。不过,赖利也愿意冒风险,只要这种冒险能让他发现外星入侵的秘密,尤其如果这种秘密还不会被陶德发现。

阿莎说:"陶德跟我们说的那些哺乳类,很像地球上远古传说的一种游荡在海里的动物,应该是叫'鲸鱼'。"

阿迪西亚说:"听说过。我出生之前,还有一些人报告说见过一头鲸鱼,应该是在古代南极大陆的残余附近。"

阿莎说:"还有触手类,很像地球上的八脚动物,我们叫'章鱼'。"她努力想让自己(可能也让阿迪西亚)分心,不去想下面海洋中的情况。

阿迪西亚说:"还有一种差不多的动物,叫'鱿鱼'。鱿鱼现在还有不少,可能因为鲸鱼都没了。"

阿莎说:"这应该就是趋同进化的例子,就好像陶德看见的那些剑齿虎。"

阿迪西亚说:"微脑报告,声音探测目前还没有结果,在海洋深处也不行。正在重新尝试。"

两人不说话了,继续等着下面水世界传来的消息。过了几分钟,阿迪西亚说:"赖利遭到了海洋生物的袭击!"

阿莎猛地把手指插入控制窗,感到红色球体加速了。

才飞了几千米，阿迪西亚就报告说，那生物是一头鲸类哺乳动物，并没有袭击赖利，而是与触手类搏斗的时候把赖利顶了起来。然后赖利靠着微脑的帮助，救了那只哺乳类，也救了自己，现在正在游回浮岛。阿莎想要催促飞船再快一点，但飞船似乎还是慢得让人焦躁。

阿迪西亚发现，之前看到的那两处风暴变大了，"好像要连在一起，朝着陶德和赖利过去了！"

阿莎心里说：那就更应该快点到了！然而这红色星球，在没有视觉参照物的宇宙空间如此迅速，而当海洋在脚下掠过的时候，却似乎变得更慢了。阿莎知道，这"不同"是焦急导致的。

阿迪西亚说："风暴离浮岛更近了。风速已经达到超级台风的水平。"

阿莎说："赶紧通知他们！告诉他们飓风就要来了！"

"赖利已经上岸了。"阿迪西亚接着说，"微脑已经把消息告知了他们。"

阿莎说："得趁着风暴没来，把他们接回来！"但她心里清楚，赶不上了。

第十八章

　　狂风吹过整座浮岛，也推压着浮岛本身，风力还在加强。这是第一个信号。然后，风速加快，第一场大雨落了下来，紧接着是狂暴的风雨交加，狠狠打在赖利陶德身上，赖利跟跄地走了几步。浮岛的样子就像一个大木筏，被看不见的电动机推动着。海浪把浮岛推向空中，又让它落下，有时起伏达到数十米，坠落时轰然作响。赖利倒在浮岛的表面，死死抓住缠结的海藻，感觉到身子下面的浮岛开始分崩离析。赖利甩掉了头上脸上防护膜上的雨水，往左看，见陶德正在伸出自己防护膜的短象鼻攀着海藻，冲他喊着什么，可是防护膜包裹了全身，捂得听不清楚声音；再加上风暴正在狂怒的巅峰，直泻而下，更什么也听不见了。

　　"陶德说，坚持住！"脖子上挂的徽章冲他吼，"飞船就要来了！"

　　然而，坚持住可没那么容易，特别是浮岛正在身子底下翻腾，高高耸起又沉沉落下，好像海上巨浪抛掷的船只残骸。赖利已经没有一丁点怀疑：这座浮岛要裂开了！他想抓住一块更牢靠的地方，感到手指打了滑。赖利望向一边，看到在层层雨幕之间白浪在左，陶德在右，浮岛碎成一块块小片。刹那之间，海水把赖利吞没了。他拼命游向怒涛肆虐的水面，尽管雨水几乎遮蔽了一切，但还能见到浮岛的残骸越漂越远。赖利在波浪间被甩来甩去，有时沉入水下，有时乘着浪尖靠近天空。天空仿佛也跟海洋一般湿润了。

"让他们快点!"赖利喊。海的轰鸣让他听不见微脑的回答。

然后他感到有东西抓住他举了起来。他安心了一瞬，然后发现那东西是一条触手，围在他的腰上；他让一只生物拉到了水下，而生物的目的可不是救援。往水下拖了几米，水面的混乱平息了，同样平息的还有风暴如雷的吼声，以及波涛的翻滚。防护衣隔绝了海水，但他越往下走，压力就越大；赖利感觉那红色的材料开始绷紧，仿佛它也感到危机迫近了。

赖利喊道:"你要是能联系上飞船，得告诉他们，我们遇上大麻烦了!"

微脑说:"目前条件下通信会更加困难，但你也许能够——"

"知道!"趁着防护膜还不太硬，赖利拿着徽章穿过了防护膜，按在腰上的触手上面，却没有任何效果。再试一次，还是没有反应。

赖利把徽章拿回来，防护膜啪的一声关紧了，再次隔绝了周围的海水。浸湿的只有徽章，还有赖利的一只胳膊、一只手。

微脑说:"显然，这只触手类以前感到过我的触碰，知道我并不致命。"

"你觉得这就是刚才那一只?"

微脑说:"没有别的解释了。"

赖利往水下沉得越来越深，感到红色防护衣越来越硬，努力保护自己不被海水压扁。有一瞬间他想到，自己保护的那只哺乳类肯定在浮岛近旁埋伏着，等着报仇的机会。哪怕"报仇"这个目的太过复杂，哺乳类也至少会等待时机，重新捕捉到先前逃走的猎物。然后他又想到这覆盖整个星球，深达不知多少千米的海洋；想到红色球体为自己

变革

准备的智慧防护膜还能给自己续命多久；要么被深海压碎，要么被怪物吞噬，还有一种平淡的死法——耗光了最后一点空气。

下沉似乎无休无止，亏了红色防护膜才没有被淹死，但迟早也会被压扁的。防护膜一直变硬，最后赖利感觉自己活像一只结了茧的幼虫，胳膊腿一动不能动，脑袋也转不了，只能往正前方看。赖利没有抱怨。现在要么忍受，要么立刻死亡；除了暗淡下去的海水，什么也看不见。只要还活着就有希望。

赖利问："飞船有回应吗？"

微脑说："飞船受风暴影响太大，而且接近浮岛有困难，除非把浮岛破坏。"

"能赶到我们这边吗？"

"大气扰动造成很多问题，难以定位。"

"这么说，短时间内是不可能救援了？"

微脑说："看起来是这样，但我们必须做好准备，好像救援马上要到了一样。"

真相显而易见，却难以置信。于是赖利只看着水流拂过眼前，还有鱼类生物偶尔游过；最后，终于在黑暗深处见到了一点微光。

海床上的光芒照出一些细长突起物的尖端，长成高耸的尖塔形状，好像地球上的石笋。在赖利眼前尖塔形状似乎慢慢变成了奇幻的巨塔，外面包裹着一层荧光，闪闪发亮。赖利明白，这不是自然的产物，而是那个把他拽下来的生物的同类建造的。尽管死亡很可能近在眼前，赖利还是惊叹：这些大洋深处的生物竟有如此丰富的想象力和奇妙的天才，在海床上设计建造了如此梦幻的城市！当触手把赖利拽到了高耸的大厦之间时，它的速度已经变慢了。赖利只有在触手类活动的时候，转动他坚硬的防护衣，才能大略看到一些景色：有小型的装甲鱼类，皮肤闪着荧光，或者额头长出灯一般的发光体，在高塔之间游来游去。赖利发现，高塔的荧光来自表面附着的生命体。他还看见有些地方的建筑已经破坏了，显得很陈旧，不像有生命居住，而像是废墟。

继续往下，赖利又看见海床上似乎有一道裂缝，发出另一种光芒；这里的光芒发生了扰动，说明海水可能被海床下面的岩浆层加热了。海床上有很多海洋生命组成的长带，这些生命一半像动物，一半像植物；还有更小的触手类靠了过来，像是要检查这只触手类把什么东西带到了它们中间；以及另一些较大的生物，像是要跟这只触手类争夺猎物。

其中一只最大的触手类真的发动了攻击，几只触手挥舞不停，触手下方好像有吸盘一样的东西。一瞬间赖利指望抓住自己的触手类能放开自己，好让自己浮上水面。然而触手类只用其他触手回击，竞争者一败涂地，只好撤退。触手类获胜了，带着赖利继续下沉，远离了其他生物，最后来到一块高塔之间的空地，像是陆地城市的广场或者公园。触手类落到海底，好像这里是它的巢穴或者私人城堡。它把赖利举到自己穹顶状的脑袋和巨大的眼睛跟前，与之对视。赖利认出来了，这种阳光，他在先前看见的那只海兽的眼睛里也见过，这海兽差点儿杀掉了哺乳类。微脑大概说得没错，这就是同一只，而它也认出了自己——正是自己之前把它赶走了一回。

触手类生物又举起一只触手，卷住赖利的身子，拽了一下保护他不受怪物与水压伤害的防护衣。防护衣纹丝不动。第二只触手又一拧，

变革

这一次是跟第一只触手相反的方向，好像要把赖利撕成两半。防护衣稍微变形了一点，好像措手不及的样子，然后再次变硬，抵住了触手的力量。触手类生物停了一下，考虑一番接下来应该怎么办，然后把赖利举过头顶，狠狠掼在了海床上，震得赖利头晕眼花。防护衣仍然在起作用，然而赖利模糊地想：再来这么一下，可能就真要完了。

就在这时，有个黑东西遮住了周围尖塔的荧光。这东西不仅庞大而且没有固定的形状，从上面朝赖利和触手怪扑了下来。一个巨大的灰色方形物体靠近，尖端是钝器的样子，像是战舰的冲角，猛撞了怪物一下，把怪物撞出去几米远。尽管抓住他的那只触手还没有放松，但赖利在袭来的一阵阵眩晕之间，认出那个灰东西正是哺乳类的前额。他想，也许就是他拯救的那一只。视野变得清楚了，他看到哺乳类脑袋上有些伤痕，也许是触手类的吸盘留下的。或许真是那一只，也可能是另一头游弋的庞然大物，想要搜寻自己的食物。

接着，哺乳类又撞了上来，这一次张开大口，咬住了怪物一只举起的触手。怪物松了手，赖利顿时解脱了，好像软木塞一样迅速朝着水面上浮。一瞬间赖利觉得遗憾，不能目睹这场海怪大战的结局了，接着他才意识到了自己的危险。

赖利没有潜水经验，也没有深海经验，但他已经可以过目不忘，这时忽然想起，之前看过的什么文章提到，突然减压会让血管中出现气泡，可能致命。他把思想传送到身体，强迫自己的动脉、静脉一起收缩。在深海救他一命的防护衣也好像领会了他的意图，在身体周围收紧了。防护衣不能减缓他的上浮，不过赖利已经可以控制自己的生理状态，合在一起，可以把伤害减到最小。他感到自己的心脏跳动也减慢了，但没有停止。

然后赖利忽地露出了水面,来到空气中,又落回到表面。他还活着,尽管浑身疼痛,但没有致命的损伤。天空依然灰暗,依然有雨水落下,但已经风息浪止。赖利在海面的水波上歇息片刻,感觉浮岛的碎片从身旁擦过。不知陶德怎么样了?就在这时,红色球体落到了他的身边,一只手朝他伸过来,把他拉上了飞船。那是阿迪西亚的手,好像是救世主伸出的一般,赖利紧紧抓住。

赖利站在红色球体内部,浑身还在滴水。一只手抹了下脸和身子侧面,那救过他一命的红色薄膜就脱落下来,在地板上堆成一团,接着被吸进了飞船的材料,好像雨水落在干燥的土地上一般。赖利问:"阿莎在哪儿?"声音很沙哑,但他竟然还能说出话来,已经让他自己觉得很吃惊了。

阿迪西亚说:"控制台。她在那儿发挥的技巧,超过了她的焦虑。"

"陶德呢?"

"这儿呢。"陶德从去往餐厅的通道走了出来,餐厅是红色球体专门为他们造出来的。

阿迪西亚说:"他想办法抓住了一小块浮岛碎片,我们在搜寻你的时候把他救上来了。"

赖利感觉到了加速度。飞船爬升,脱离了大洋星的引力范围。阿莎也走出另一条通道,通往控制室(他们最近已经给房间起了这个名字)。原先制造红色球体的那些人用那个房间是什么目的,已经不可考了,如果这个房间确实存在的话。

变革

阿莎用双臂环住赖利,紧紧拥抱。这感觉并不像防护服的挤压,却有同样的维持生命的功效。"搭档,欢迎你回来。"阿莎说,"我们真以为这次你回不来了。"

"我也是。"赖利也拥抱了阿莎。

"你没事吧?"阿莎问。

"有些关节还在痛,皮肤上好像有蜘蛛在爬,别的一切都好。"赖利说,"过一会儿也就好了。"

陶德说:"真不走运,还一点没发现大洋星突然沉默的原因就必须离开大洋星了。"

"这地方太危险,得专门准备水下探险的设备,制订计划才行。"阿莎说,"又刮风暴,又缺少陆地,又全是水,又有各种看不见的危险——"

赖利说:"飞船给的防护服真是太全能了,救了我一命。后来是那个哺乳类过来,拔刀相助,攻击了那个抓住我的触手类。"

阿迪西亚说:"可能……我们确实用尽全力寻找答案了。"

"却没有找出究竟是什么让这些星球一个接一个失联的?"赖利问。

阿迪西亚说:"咱们必须评估一下自己的手段,能不能应付这些挑战。咱们可能缺人手,设备也不足,没办法完成预定的目标。"

陶德说:"阿迪西亚可能说得没错。也许应该回到联邦中枢,寻求增援和补给。我们很走运,赖利又很机灵,神通广大,拿到了这种智能材料,可以说是个奇迹。但是它不能替代我们需要的特定目标科技,万一失去哪位船员,也不能帮我们补足。这次失败就是明证。"

阿莎说:"要是回去,肯定会面临你之前说过的那些制度,要把我们自动毁灭。就算能避免这种命运,也一定会耽搁很多个长周期,才能再次远征,调查这次外星入侵的细节。而且这段时间,会有更多星球毁于我们还不明白的这种袭击。"

陶德说:"我们可以警告联邦,说有一种总体上的威胁,需要防范。"

"防范什么?"赖利问,"我们直到现在对这种危险的了解也不比最开始多太多。"

"而且我们可能还可以再多探查一点。"阿迪西亚说,"应该把能力用到极限。"

赖利说:"说到这个,我们已经知道了,这种危险主要是精神上的。每一种生物的精神都受到了影响。面对这种能让联邦船员失去理智胡乱杀人的攻击,我们这些超验者可能最适合对付了。我们在大洋星上发现,哺乳类和触手类的古老合作关系已经退回到了更古老的巨兽对猛兽的竞争关系。我还发现它们合力在海底修建的城市已经开始崩溃了,就跟两个种族的停战状态开始崩溃一样。我们似乎距离答案更近了一步,而且哪怕我们还没有额外的线索可以——"

"说到线索,"赖利胸口的徽章说,"我有一些信息可能有用。"

阿莎问:"什么信息?"

微脑发出一声长长的低吟,是大洋星巨兽的歌。

第十九章

前往下一个跃迁点，让跃迁点带着他们到达下一个失联星球，这个过程一如既往地乏味得很。阿莎不禁想到，在他们调查花费的这些长周期中间，外星入侵会到了什么地步？然而，离开联邦中枢也有很多长周期了。阿莎还有一个念头时常出现：中枢的改造计划现在怎么样了？他们想把联邦成员，各种不同的不完美生物改造为更加理性、会思考的超验者，以应付那仍很神秘的宇宙可能突然带来的挑战。为了把生存的斗争变成理解的动力，超验机是又一类重要工具，能够用在一系列无休无止的斗争中：智慧生命同无情物质的斗争，计划同变化的斗争，秩序同混乱的斗争。

微脑不断重复大洋星哺乳巨兽的哀歌，最后大家不光醒着听见，睡梦里也听见了。阿迪西亚终于抱怨起来，陶德也同意，实在受不了这声音。微脑回答：可以无须众人参与，自己分析。但众人拥有的能力，微脑却没有。他们有听觉器官，而这声音发出来就是为了让别人听见的。微脑可以用数字给这首歌建模，但只有生物才能把它作为声音、旋律对待，作出反应。

阿莎说："很不巧的，我们都通过自己的生理设备解读这种歌曲的意义；而不同物种的生理设备不一样，就算同一个物种，不同个体和经验也不一样。这声音听起来很悲伤，但这可能只是人类对一组特殊调子和旋律的反应；而且这些决定因素也可能不是自由选择，而是歌手发声的器官。就算把这个声音定义为'歌曲'，也说明我们有一类冲动，想要把一切现象都清楚归类。"

赖利说："可是，确实有一种设想，说这是一首叙事诗，讲的是面对巨大困难，殊死抗争，最后悲惨地失败了。"

阿迪西亚说："同意。"

陶德说："只要我们没有把自己的价值观强加给它——或者最起码是人类的价值观。多利安人不唱歌。"

"就像微脑一样。"微脑说，它用的是典型的不动声色的语气，看不出来是赞扬还是批评，"但我分析认为赖利和阿迪西亚是正确的。这首歌里面确实有一种信息，很长，赖利管它叫叙事诗；我也开始听明白了。"

阿迪西亚问："你明白什么了？"

微脑说："这首歌，对了，根据我数据库的比对，这确实可以归类成一首歌。这首歌的开篇很长，使用的频率彼此相似，夹杂着一些很短的片段，频率突然增加。我理解，这是一个传奇故事，有绵延很久的日常生活，中间被一次次冲突打断，可能是与触手类的搏斗，可能是与风暴的搏斗，就像我们经历的那次风暴，可能兼而有之。"

陶德说："这些我们也猜得出来。"

微脑说："但我不是猜测而是分析出来的。然后，中间是一段平静期，频率很低，不受干扰；我理解，这是大洋星历史上哺乳类说服了触手类合作建立科技文明，也就是'黄金时代'，如果人类的说法可以用在这个外星球的话。"

阿迪西亚说："这是一个水世界，用在这儿应该不合适。"

变革

阿莎说:"继续。"

微脑说:"这一段的结尾,频率缓慢升高,达到一个比较高频的稳定状态,可能就是联邦发现了大洋星文明,哺乳类在传奇故事里包括了对宇宙更加完整的认知,先前他们只是通过哲学认识宇宙的。"

陶德说:"听上去有道理。"

"然后,整块声音代表一部交响乐,主题是起源、斗争、控制、理解。这一整块的结尾,代表交响乐的盛大终曲。在这里,不止一种频率突然发生了激烈冲突,导致频率出现尖峰,上升到前所未有的高度。"

赖利说:"外星侵略者来了。"

微脑说:"我的结论也是这样。这些尖锐的音符之后,重新出现了开篇主题,然后结束了。"

陶德说:"这就叫诗吧。"显然他不觉得诗有什么重要的。

阿莎说:"但史诗就是这个样子,想要解释某种不能解释的东西,用几段精挑细选的语言或者歌曲,表达生命和经验那种无法描述的复杂性。"

陶德说:"还是一点进展都没有。"

赖利说:"开始有了。"

"正是这样。"微脑说,"我们有了这首歌倒数第二部分更详细的分析,如果我的估计没错的话,这一部分就是外星人到来,造成了巨变。把这个段落跟之前历次探险掌握的信息比对,我就可能确定究竟是什么袭击了触手类;不过这东西可能没有袭击哺乳类,或者至少损害它们的程度不一样。"

陶德说:"估计……可能……如果,全都是不确定的词儿。我们已经掌握了更可靠、更确定的线索!"

阿莎问："什么线索？"

陶德说："就是我们必须调查的下一个星球：拥有深层大气的鹰巢星。"

阿迪西亚说："给星球起名鹰巢星可真怪啊。"

"这名字很贴切，你会明白的。"陶德说，"当然这是联邦的称呼，就好像联邦管我的星球叫'德星'一样，意思是多利安人居住的、起伏不断的平原。这些名字不是当地原住民起的，当地的名字都是'世界'这个词的不同说法。"

陶德接着说，鹰巢星这个星球与地球的相似度，远远超过与德星的相似度。它的质量与地球相当，体积却比地球大60%，说明大气层很厚。这里的太阳也是一颗暗淡的红矮星，体积是地球太阳的90%。鹰巢星公转的轨道刚好也在"适居带"，温度不冷不热，有液态水。鹰巢星距离主星比地球距离太阳近得多，但可能进化出的世界与地球十分相似，主要不同之处在于它要么在形成期间累积了更大更厚的大气层，要么保留了更多大气，可能因为红矮星发出的太阳风强度极小，基本没有吹走大气。于是，鹰巢星大气非常深厚，不像普通的岩石星球，而更像气态巨行星，只是不像气态巨行星那样是各种毒气的混合。

陶德说，这种不寻常的环境里进化出的生物，也按照普遍规律，拥有了环境塑造的特征。科学家研究了无数联邦星球上的物质，得出了这个结论。鹰巢星上面，微观物质聚合起来，形成更大的集合体，发展出原始生命，又进化为更复杂的生命，爬出水面，来到陆地上。

变革

大气压力太大，对植物生长十分有利，却不利于动物存在；风暴十分常见，比大洋星上还多。然而，空中的生活却容易得很，所有陆地生物都进化出了翅膀，微型植物和浮游生物被风卷到天空，有一部分成了天上的永久居民，在这个高度接收的太阳能更多，可以转化成碳基化合物。鹰巢星上层大气比较稀薄，风暴也较为少见；这里充斥着飞行的生物，还有它们赖以为生的猎物。

这些有一类飞行生物，因为遇到激烈的生存竞争而抓起了工具，于是进化出了足以使用这些工具的脑子。它们用这个优势铺平了未来的进化之路，理解了这个星球，继而发展出了自我意识，还有同自我意识相伴的好奇心。一开始，这些飞行生物在全球最高的山顶，在祖先筑巢的地方造起了房子，然后搭建了更高的平台，高度甚至超过了山脉本身，这些平台能够吸收微弱的太阳能。飞行生物还学会了采集植物和浮游生物。慢慢地，平台逐渐转化为村落，村落又变为城市。飞行生物在云层上面创造了空中文明，能够看到这个太阳系中的其他行星，比地球太阳系的行星彼此距离近得多；后来，又观测到了太阳系之外的其他恒星。

最后，飞行生物把一些采集飞行器改造成了宇宙飞船，探索各个比邻的星球，发现这些星球上都无法滋养生命，于是再次把飞船改造成星际运输船。经过很多个长周期，它终于接触了银河联邦，成为联邦下属的一员。

赖利说："你说的这些星球的历史，全都非常启发人啊。"

陶德说："银河文明的故事，基本叙事都一样。要么成功发挥了潜力，要么就失败了，他们的故事也没人讲了。成功的物种的故事，都是在进化中写就的。"

赖利说:"对我来说,只是加入联邦,还算不上涅槃。"

"涅槃?"

"一种最后的幸福状态,一种完美情况,让人不用奋斗了。"

陶德说:"不奋斗的情况,跟死亡也没什么区别。对一个物种来说,加入联邦就实现了一个阶段,让一切都有可能,甚至发现超验机也有可能。"

赖利说:"你和联邦可是想尽办法要阻止我们发现超验机啊。"

"我后悔这么做。可是,你如果想要点儿启发,就想想那些探索星际的鹰巢星人吧。那些飞行生物适应了在空中自由自在的生活,像我这样的多利安人根本无法想象。多少代人被关在金属的笼子里,甚至把翅膀切掉,只是为了最后达到目标——这才启发人心。"

阿莎说:"我们可能会发现,他们这一切牺牲都白费了。"

红色球体从龟速开始加速了,前往下一个跃迁点,把众人带往下一个计划中的星球。这段时间,足够他们考虑所有的可能性,赖利和陶德争论陶德提出的银河历史理论,以及他们现在为止的发现有什么意义。阿莎力图找到一个折中的观点,让双方都能同意。就连阿迪西亚有些时候都跟陶德的意见发生冲突,是关于联邦微脑的。联邦成立的官僚机构本来是为了让微脑为自己服务,反过来却不知不觉地遭到了微脑的控制,角色发生逆转了。对此,两人看法有着不同。跟大家在一起的微脑则一直在分析之前几场冒险获得的证据碎片,定期汇报进度。

然后,就在众人仿佛陷入遥遥无期的等待时,跃迁点到了。他们

变革

再次有了"脱离尘世"的经验,再一次来到了物质世界。大家面前又是一条远路,从这里前往鹰巢星的太阳系。还没走到一半,微脑就宣布:对大洋星动物歌曲的分析取得了突破!

微脑说:"我将它与目前已经调查过的其他星球通信手段比对,成功译读了一部分哺乳类叙事的关键情节。"

赖利说:"你说'关键'意思是那个尖峰?"

微脑说:"正确。余下的翻译就容易多了,我能给出哺乳类史诗的解读,从简单的开始到复杂的结束。开始是各种轻而易举的满足,被一些你死我活的斗争打断;然后过渡到更加复杂的乐趣,有重大的发现,有自我剖析——"

陶德:"够了。"

阿莎:"哺乳类的史诗我们以后再听,到达鹰巢星之前肯定时间足够。重要的部分是什么?"

红色球体墙壁上出现了一些文字,或者可能是文字的符号:

服务 灭亡 ◻ ◻ ◻ 保护 能量 天体 ◻ ●● 维 热 充足 ◻ ◆◆ 耗尽 年轻

陶德说:"完全不知所云。"

"要是你的解决方案有效的话,"阿迪西亚说,"比我们在半人马星上的情报也强不了多少。"

阿莎说:"类似,但还是不同。"

微脑说:"阿莎正确。还是很难理解,但已经向着完全理解迈出了一步。"

阿迪西亚:"怎么会?"

"还有一些词没有解码。"微脑说,"但是通过与之前发现的可能的信息比对，就又向着解答靠近了一步。"

又一次长途旅行开始。阿莎说得没错，有了充足的时间，足够聆听哺乳类的史诗，还有那简短、神秘、悲哀的插入曲。众人听了很多遍，因为周围的宇宙空间一成不变，乏味透顶，实在没有其他手段打发时间了。这部叙事诗的确引人入胜，讲述了生命、爱与死、奋斗、成功、失败、落寞，还有行进中的进化，进化被有思想的生物引上了正轨，还有最终的毁灭。这部史诗伴着哺乳类的音乐——低回哀伤的曲调，向其他世界投去的胜利目光，催生哲思的各种概念，其他太阳系和智慧生物的发现，就显得尤其吸引人。

阿莎听了，赖利听了一部分，阿迪西亚几乎没有听，陶德则完全没有听。不过微脑却不厌其烦地重复播放，一些人觉得这起码是可以忍受的特征；另一些人觉得这是电脑的一种品质，让它成了必不可少的东西。

最后，飞船控制室那个相当于屏幕的东西上，终于出现了鹰巢星的太阳系。这个太阳系很是紧凑，行星都紧紧围绕着那个小家子气的主星：有一条恒星系的外围环带，主要由冰块与石块构成，还偶尔出现一颗矮星，积聚了足够的质量，获得了一两颗卫星；两颗气态巨行星，各有一组卫星；然后就是鹰巢星，处在最舒适的地方；最里面是两颗更加贫瘠的星球，哪怕红矮星温度不高，也把它们烤得过热，无法孕育生命。

鹰巢星的样子和赖利、阿莎见过的所有行星都不一样，连陶德都觉得很奇特。整个星球都被浓云覆盖，赖利把它比作太阳系的金星；金星在诞生之初就变成了一座熔炉，包裹着犹如液态般浓密的大气，大气层里满是强酸。鹰巢星又像木星，表面的气体始终运动不止，刮着飓风，能持续数百个长周期。然而在这里，鹰巢星的云层上面，还有一些更加蔚蓝的大气层,偶尔会出现棕褐色的斑点。

"那是什么东西?"阿莎问。

"我估计是大群飘动的浮游生物。"陶德说。

飞船靠近了,众人看到了第一座浮城,它高踞在云层上方,在红矮星的红光之下闪烁。这时候距离还太远,辨认不清一栋栋孤立的建筑,也看不到生命的痕迹。微脑说探测不到任何电子信号,表明这里有着繁盛的科技文明。因此,很可能没有任何人发现飞船靠近了。

"然而这就出来一个问题——我们应该怎么派人去调查这些城市呢?"阿莎说,"只要把飞船降落在市区——且不说能不等降落,就一定会被人看见,可能会遭到袭击。"

陶德说:"你需要翅膀。"

阿莎说:"翅膀?"

陶德说:"我们要去探访那些长翅膀的生物。鹰巢星人是类人生物,长了翅膀。"

阿莎说:"我们上哪儿去找翅膀?"

"只能从你和赖利弄到一切的地方找。"陶德说,"这艘智能材料飞船,你们跟它已经相处得不错了。"

赖利说:"就算能找来翅膀,红色飞船提供的翅膀也肯定不像鹰巢星人的翅膀。"

阿莎说:"至少我们可以飞到他们的城市了。"

赖利说:"我们?"

阿莎说:"我和阿迪西亚。我们可能有机会潜入,最起码隐蔽上一阵子。你的块头太结实了,不适合装翅膀。陶德嘛——陶德没办法装成飞人,也没办法装成类人生物。"

赖利说："可是你从来没有飞行经验啊。"

"你也没有啊。反正,我们可以学,就像你在大洋星上学游泳一样。"

陶德问:"阿迪西亚,你没问题吗?"

阿迪西亚说:"阿莎能学,我就能学。人类在历史上一直想要飞行。"

事实比这个说法容易,某些地方又比这个说法困难。大家发现很难让红色球体配合。球体的材料虽然智能,但并不全能,"制造出能飞的翅膀"这个概念并不容易传递给球体。阿莎已经学会了传递概念,就是集中精神,想出一个能够实现的结果。但阿莎自己不知道翅膀是怎么飞行的,就算有了微脑帮助设计,红色球体还是失败了好几次才制造出了类似翅膀的东西,连接着一套飞行服,把阿莎从头到脚盖住。

现在就是勇气和训练的问题了。勇气,在飞船下降到鹰巢星外层大气的时候发挥了作用(尽管外层大气密度已经相当于地球海平面的密度);阿莎不得不从飞船可以穿透的表面挤出去,跃入空中,感到自己绝望地向着浓云笼罩的星球下坠。前几次尝试险些酿成大祸,阿莎拼命想拍起翅膀,却只是自由落体,多亏了红色球体更快地降落到她的下方,把她接了起来。

微脑说:"鸟类在飞行的时候,不总是拍打翅膀。可能会有好几个小时在空中借着风力和上升的柱状气流滑翔,搜寻陆地与海面的猎物。"

第四次试飞,阿莎终于展开双翼,直冲云天。这感觉实在让人激动万分。阿莎和那些从未谋面的鹰巢星人有了同感;翅膀赋予的自由,让这些原住民能够占据大气构成的广袤空域。

最后,两人终于完全掌握了这种新技能,不用依靠飞船的安全措施。该前往鹰巢星的城市着陆了。

第二十章

这个牢房甚至连牢房都算不上,但牢房住客的命运已经不错了。联邦中枢没有"罪犯"。倒不是联邦中枢的人永远遵守法律——或者不如说"遵守规章",因为共识社会并没有法律,只有行为的适当与不适当之分;谁作出不适当的行为,就会被遣返回自己的母星,在母星接受当地习惯制定的惩罚,要么就会被送到专门充当监狱的星球。如果行为不适当到了极点,这两个选项都不合用,这个人就会直接被送到宇宙空间,投入那没有空气的冰冷怀抱。

于是,哲尔牢房的主要特色就在于缺乏大多数牢房的基本特征,只有一个基本特征还保留着:墙壁是光秃秃的岩石。这间牢房是在荒凉的星球表面凿出来的;荒凉的星球周围,环形人造结构当中,坐落着联邦中枢。这个牢房可能一开始是作为工作人员的临时居住地,后来在表面增加了一些更加适合的永久宿舍,再后来这间临时宿舍就改成了仓库。这两种用途都意味着牢房很有些年头了,但也有少数现代设施:有一个活动食槽,是为比这个囚犯——哲尔更大的生物设计的;有一条长凳,一个水龙头,还有马桶。然而,牢房最鲜明的特征也有一个,那就是哲尔身处了六个月(用联邦说法是半个长周期)的这间斗室的一头安着粗大的金属栏杆,还有一扇装上栅栏的金属门,上面有远程操控的门锁。可能只有控制联邦中枢其他区域的总微脑下令,这把锁才能被打开。

哲尔的整个刑期,都没有一个人来看望她,直到最后才有了变化。唯一打断她的孤寂的,是牢门下面放进来的食槽。送来食槽的是一台机器,没有思想,急速驶来,由微脑控制。等到哲尔吃完,这机器又把食槽收了回去,它不会说话。一开始无所谓,食物很充足,哲尔判断食物等级算得上二级菜肴,高于最基本的一级烂粥,但这一点也无所谓。哲尔对食物没兴趣,对别人说话也没兴趣,至少前两个月是这样。哲尔花了很多时间思考,当初有没有可能带来不一样的结果;未来又会把什么样的命运带给她,带给超验者,带给联邦,以及带给银河中一切智慧生命。当初,联邦科学家一直顽固地拒绝在手头那些测试中使用他们的特殊技能,哲尔就始终表现得很不耐烦,并且一直在尝试用戏剧性的快捷方式加以理解,最终就导致她被扔进了这间牢房。实验没有结果,上头也没有解释哲尔为什么违规,但总归她已经被关了起来,再也无法左右别的事情。

这一点让她终于开口,对送饭机器说话了。她用银河标准语说:"你看。"她本来想用人类语言,但她想作为一个联邦公民接近这个监视者,不论它是什么人或是什么东西,都不想以一个可怜巴巴哀求对方的人类的身份而接近。"我知道你在监视我,也在监视其他一切,理由是为了一个你叫作联邦中枢的地方。我想让你知道,我也在监视你,还在监视所有其他微脑,是微脑让这个银河系落到了这么惨的境地。"

这无知无觉的送饭机器毫不停留,继续跑前跑后地忙碌着,哲尔反正也没有盼着它回答。过了一个月,哲尔又试了一遍:"我想告诉你,我对你没有威胁,对你服侍、保护的那些人也没有威胁。正好相反,我拥有很多改进的新技术,为联邦带来了更光明、更安宁的未来。"

变革

哲尔的牢房是永久的沉寂,只是最近两次试图交流的努力才打破了这种沉寂。此时,沉寂再次把她笼罩了。又过了一个月,她最后尝试了一次,又对这台低级的送饭伺服装置说了话。这东西至少算一个说话对象,哲尔也有些担心自己的精神状态了。哲尔说:"联邦正面临中枢成立以来最大的考验,这次考验比之前一切曾经威胁联邦共识的战争都更加严重,包括当年人类与联邦的战争。有一种外星人已经入侵了,力量不明,动机不明,而且之前那些帮助联邦经受考验的常规手段似乎已经无效了。你们需要援助!"

送饭机器正要把食槽从门底下推进来,忽然停下了动作,说话了:"一个身陷囹圄、可怜可耻的人类,能对一个经历20万个长周期而繁荣兴盛的联邦提供什么援助呢?"原来这机器是会说话的。

哲尔说:"我们这个种族一直在对抗不利局面,曾经与整个联邦斗争,把联邦打得完全瘫痪。我要为你们提供这个种族的创造性、智谋,还有顽强的生存意志。"

送饭机器回答:"那是因为有各种反对联邦的力量,还有联邦内部的叛徒支持。"

"那也只是在人类显出了自己的实力,没有被联邦打垮之后才发生的。"哲尔说,"而且联邦内部势力愿意违背联邦共识,说明联邦共识本身就存在问题,联邦的创造力和联邦对变革的容忍也发生了问题,而且越来越大。"

机器说:"这一切秩序都已经恢复了。"机器又恢复了运行,把食槽推到栏杆下面,好像是在总结句之后画上句号。

哲尔坚持说:"可是,位于联邦边缘的很多星球都失去联系了!只有很少几个人类和一个多利安人在努力调查原因。联邦政府的所有努力都已经失败了!"

送饭机器恢复了先前的沉默,微脑也不再答复。这种情况又维持了一个月,哲尔多次想恢复交流,都没有效果。

她已经放任自己沉入更加安静的思考,几乎在想象里重新构建了杰克传送机,加上了新的永久设施,能够接纳所有联邦公民,不论形状如何,也不论尺寸大小;另外她还想象了机器控制系统的简化版,机器各类功能的延伸。就在这时,送饭机器又开始说话了:"本次监禁目的已经实现,你可以自由离开了。"栅栏门的锁咔嗒响了一声,门开了一条缝。

"可我的目的还没有实现呢。"哲尔把门拽上了。

过了几个周期,有个多利安人来到栅栏门之前。哲尔认识这个男人(他显然是男的),就是那个首席科学家,哲尔曾经给他解释过杰克传送机的功能,但科学家完全听不进去,把哲尔打发进了这间牢房。科学家走到近前,牢门响了一声。科学家拉开门,进了屋,把门在身后带上,朝后摇晃了一下,像大象一样稳稳地面对哲尔坐定,象鼻缓缓抽动。科学家显然不担心哲尔可能动手,基本也没必要担心。多利安人比哲尔多出好几百磅肌肉,他们生来对抗的引力超过地球好几倍,更不用说木卫三这种小卫星了;哲尔有生以来,大部分时间就在这里度过。科学家的象鼻模样仿佛能够将人一击毙命。哲尔依然坐在长凳上不动。长凳太过熟悉,几乎成了自己身体的一部分。

科学家说话了,这一次的声音里缺少了上次展示杰克传送机时候

变革

那种轻蔑而怀疑的疏离感，而是变得更加中性，甚至接近了与其他多利安人说话的正常语气："我叫博德，首席科学家，上一次你展示机器的时候我在场。"

哲尔说："我知道你是谁。"

博德说："希望你有了充分时间，考虑你犯下的罪过。"

哲尔说："我要是知道我犯了什么罪，肯定就有时间了。"

博德看着哲尔，脸上毫无反应，跟所有多利安人一样，但鼻子还在抽搐。哲尔想，只要有足够的时间，说不定可以根据象鼻的动作确定多利安人的精神状态。"你犯的罪，是危害联邦最严重的罪行之一。联邦公民懂得行为要适当，所以联邦基本没有什么规章制度；可是联邦无论如何不能无视威胁自己存在的行为！"

哲尔问："只是一场科学实验，没有爆炸，也没有污染，怎么就威胁了联邦的存在？"

博德看着哲尔，好像这问题不值得回答。然后开口说："联邦共识政府最重要的原则之一，就是联邦中枢地点必须保密；这是确保地位、权威的手段，也能保护联邦不受那些不稳定个人或政权的伤害。公务员是搭乘联邦中枢飞船到这里来的。只有一种公民可以知道联邦中枢的坐标，那就是联邦委员会各个有选举权的星球代表。"

哲尔说："可阿莎知道，因为阿莎曾经关在这里；现在赖利、阿迪西亚也知道了。"

博德："如果不是陶德从中调停，这些人都会跟你一样被关押起来。他们严重违反了联邦协议，陶德如果没有离开联邦中枢，可能也必须因这次违规而接受问话。"

"可是委员会什么也没做啊。"哲尔说。

"那一天对联邦而言很悲哀,对'德星'而言也很悲哀。陶德会接受严格盘问,解释他为何判断失误。"

"如果陶德回来的话。"

"就是那样呗。"

哲尔继续说:"如果陶德真回来了,就会被人视为联邦的英雄、冠军;他离开部落,冒险远征,打败了敌人,带着给人民的宝物归来。"

"你说话用的是神话语言。"

"人类已经明白了,神话传说怎么描述,怎么塑造了我们的行为。可是神话传说并没有解释我为什么被关起来。"

博德说:"你先前来到我们中间的时候,给我们带来了最大的恐怖,完全毁坏了我们最重要的防护,让我们无法抵御攻击、骚乱、背叛,这防护就是我们的所在地。如果任何人在任何地方都能够传送到联邦中枢,会造成什么样的灾难?这样的局面,我们该怎么收拾?这样会颠覆联邦生活的一切,而那正是我们存在的核心基础,也是我们对自身形象的一切认知。"

哲尔说:"那肯定只是物流和组织工作方面的问题。只要不允许杰克传送机在联邦中枢内部使用,就不会威胁驻地的保密性。可是你的担心却说明,杰克传送机有能力传送人员——也能传送信息。"

"这一点我承认。"

"你们也肯定已经自己测试过了吧?"

"测试过了。"

哲尔说:"包括传送活着的生物?"

"当然包括。先是动物,然后是人。"

"结果和我当初展示的一样?"

变革

"一样,还不止。"

"怎么个不止法?"

博德的象鼻抽搐得更厉害了,"我们指示那个席佛人把自己传送过来。席佛人很犹豫,但身为初级科学家,只能从命。一开始操作控制系统失败了两次,然后成功按动电钮,开始了传送过程,他到了我们联邦中枢的实验室,显得昏昏沉沉,但还活着,而且——变得不一样了。"

"怎么不一样?"

"这个席佛人来到我们中间的时候,不再是那种我们熟悉的狡猾生物,成天神经兮兮。他的精神状态变得很稳定,很可靠;而且,我不愿意承认,但他的智力已经不亚于任何一个多利安人了。"

哲尔瞧着博德,她脸上跟多利安人一样毫无表情,"这一点为什么会让你担心呢?"

"显然,你这台机器有一些功能,你没有告诉我们;这些功能对联邦的威胁,甚至超过了所在地泄密的威胁。"

"你是说把席佛人变得跟多利安人一样聪明?"哲尔问。

"这一点让人非常焦虑。"博德说,"将来如果有一些人,对这台机器毫无戒心,在传送过程中发生了变化,这就更让人焦虑。任何政府管辖的公民如果本性、能力都不停变化,这个政府就肯定会灭亡的,甚至联邦这样优良的政府也不例外。"

"这样的话就可能需要另外一种联邦政府了。"哲尔说,"但这个政府一定更加优秀,拥有更好的机制来应付各类突发事件,比如人类在银河中出现,又比如那些关于超验机的流言,再比如更紧迫的情况——外星入侵。"

"那就意味着要牺牲联邦的稳定性，还要牺牲持续了几万个长周期的和平。这期间，唯一的战争就只有联邦和人类的战争，而换来的却只有一个不确定的未来。"

"未来根本不可能确定。"哲尔说，"但你这种担忧，并不只是来自你手下那些初级科学家的经验，对吗？"

多利安人沉默良久，终于开口："当然不是。我也是科学家，必须尝试在自己身上做实验。而我的转变跟那个席佛人的转变一样令人不安。"

"你觉得那次转变不好？"

"多利安人认为，自己先前的转变是自己促成的，而目前状态是转变的最后结果。他们并不欢迎改进的可能性。"

"但确实有改进的空间。"

博德说："联邦公民用来彼此适应的所有常规手段都会发生变化。"

"你的意思是说，你们必须放弃自己在物种之间划分的那些细微的不同。"哲尔说，"这个系统里面，多利安人位于顶层的统治区域，而席佛人位于底层。或者人类已经取代了席佛人？"

"一切社会关系都编入了交织的文明共同体，就像一幅挂毯一样。"

哲尔说："变化只可能逐渐发生。这个过程，人们会使用杰克传送机，然后发生变化，变得完美起来。变化只会在个人层面发生，不会在物种层面发生；直到最后可能达到临界质量，一切都实现改造。"

"人们会意识到，杰克传送机可以在传送通道的一头把他们毁掉，然后在另一头重新制造出来，而制造出的新人本质上却不一样了。在这种情况下，有多少人还会使用杰克传送机？"博德问，"我这样的科学家可能还会出于科学的好奇心，冒险一试。可那些一般的官僚呢？"

哲尔说："不要告诉他们。"

"这样公平吗？"

"生命本身公平吗？有一种导致进步的力量，塑造了我们大家，让我们增强能力，在这个宇宙当中存活得更好；这宇宙好像时时刻刻想着把我们毁灭掉。增强的表现之一就是我们发明的各种工具，延伸了我们的各种力量：比如微脑，被创造出来，让我们从日常的例行公事当中解脱，让我们充分思考，充分行动，实现了如今的生活。这就是进化的下一步！我们还没有觉察的时候，科技就已经塑造了我们大家所有人，我们现在又被自己释放出的文化能量塑造，而不是被自然环境毫无规律地变化塑造。"

博德说："言语很是华丽，执行却是不易。"

"然而这是银河一切智能生命存活的关键。"

"还有一个问题我没有提到。"

"什么问题？"

"你父亲。"

"杰克？杰克传送机的制造者？"

"他是最困难的人类之一。"

"的确，但他不是我父亲，他只是我克隆的来源。"

"这就说明了不少问题。"博德说。

"你是怎么遇见他的？"

博德说："在行星与行星之间的距离上，你这台机器是管用的。但我必须测试机器的作用范围是多少，星系之间的距离还管用吗？机器的制造者肯定会有一台机器,我努力了很久,终于发现了跟这台机器联系的办法。你的父亲——克隆人父亲,他见到我,非常不高兴。"

哲尔说:"可他并没有把你扔进牢房。"

博德说:"他本来想的,但他克制住了冲动。"

"你瞧,他变了吧?不多几个长周期之前,他肯定不克制,想到哪儿做到哪儿。"

"我们达成了协议。"

"咱们谈了这么半天,只相当于一个正式批准?"哲尔问。

"你是协议的一部分。你的自由,也是协议的一部分。"

"我只要愿意,随时可以从这里出去。"哲尔从喉咙发出一阵低吟,门锁咔嗒响了一声,门开了,"但我在这里的工作当时还没有完成。如今,大概完成了吧。"

博德说:"咱们现在做的事情,我可不喜欢!"象鼻断断续续抽搐了一阵,终于控制住了。他又说:"现在的局面,违反了多利安人的一切本能,违反了联邦一切传统,还有文明人的一切文化。"

哲尔说:"宇宙要扔给智慧生命的很多巨大挑战还没有到来呢。我们创建的各种社会,各种科技,恒星的爆炸,黑洞的贪得无厌,银河的灭亡,整个物质世界的毁灭。这场外星入侵只是离我们最近的一种!没错,我们可以指望赖利、阿莎、陶德,也能指望阿迪西亚去阻止外星入侵,至少能搜集到足够的信息,判定侵略者的身份,制定应对方案。"

"他们要失败了怎么办?回不来怎么办?"

"那我们,我是说你和我,还有其他所有穿过杰克传送机,变得更强大的人,就必须担负起拯救银河系的责任!"

第二十一章

阿莎和阿迪西亚决定在夜晚着陆。借着夜色,飞船靠近不那么容易被人发现;即使有他们这些长着翅膀的外星人降落在本地人的城市,也可能没有人注意。如果鹰巢星人的习性也跟大多数地球鸟类一样,在夜间就应该回巢休息。但是微脑却专门补充说,有些地球鸟类在晚上出来觅食,还有一些会飞的啮齿类动物。

阿莎说:"咱们就希望它们跟人类传说里的猫头鹰、蝙蝠都不一样吧。"

这座鹰巢星的城市,先前在屏幕上看起来脆弱得很,从几千米之外看起来也不怎么结实。阿莎和阿迪西亚盘旋在城市上空,下面是一座座水晶般透明的高塔和类似鸟巢的圆形凹地,看起来好像是用玻璃纤维纺织而成的。阿莎想,这些建筑白天应该会更好看吧?映着太阳的光辉,不管多么微弱,都会把这些建筑变成凝固的火焰。

圆形凹地上好像布满了抛弃的衣服。阿莎认为这些肯定是鹰巢星人在熟睡,把翅膀收了起来。她示意阿迪西亚飞往一处空地——位于两座尖塔之间,似乎已经废弃了。两人靠近之后,发现这里像是一座广场或是集会地,鹰巢星人可能在起飞之前先在这里散步,在开阔地边缘的一家家咖啡馆里进餐(不管吃的是什么);也许还会聆听各种优雅的声音,那些声音必定与一个翱翔天空的民族十分相配。

两人没有练习过着陆，于是操纵翅膀，本想让自己缓缓降低，慢慢站在地上，结果却一路翻滚着落地。

阿莎站起来，"这可真够受的！"

"要是我来操纵，就能有更好的结果。"阿莎胸前的徽章说。

阿迪西亚揉了揉一只胳膊肘，"多亏有红色球体的衣服保护，不然这次远征兴许还没开始就该结束了！"

阿莎耸肩，身上的翅膀就收进了衣服里面，然后让鼻子透过脑袋上的防护膜，小心地吸了口气，对微脑说："你说得没错，这空气是可以呼吸的，只是有点儿冷，气味也跟所有外星球一样有些奇怪，这儿的空气有点像——说不上来——动物的排泄物。"她把防护膜从头上身上脱了下来，揉成一只手就拿得过来的一团，塞进了连裤服的口袋。阿莎的模样并不像鹰巢星人，加上那身红色衣服、那对红宝石一样的翅膀，就更不像了。

阿莎转身发现阿迪西亚也把防护膜收了起来。阿迪西亚问："现在呢？"

"先探查一下四周，趁着市民还没醒。"

开阔地/广场铺着一层光滑透明的物质，观感和触感都很像玻璃。广场一片黑暗，唯一的光源只有鹰巢星那不算大的月亮，但阿莎看得见广场周围环绕着更小的建筑，相当于画了一圈边界线。这些建筑的正面和广场表面一样，也是透明的，但呈现出各种彩色，每一栋建筑的色泽都不相同，好像是为了区别建筑用途，也可能是为了和邻接的建筑分开。

阿莎和阿迪西亚穿过广场，脚下的地面很是滑溜，而且好像有弹性，走起来一颠一颠。阿莎有片刻想到：这是不是漂浮城市的特

变革

点？然后才意识到，这是因为鹰巢星的引力比她想象的更低，才会产生这样的心理反应。两人接近了那些建筑，阿莎注意到地上到处都是废弃物，有些像是羽毛，有些像是城市的生活垃圾，缺少足够的清扫措施就会这样。阿莎指给阿迪西亚看了。这片广场似乎并没有看起来那么如梦似幻，美不胜收。阿莎捡起一片羽毛看了看，很短，像是一根尾羽，也的确很像之前在地球博物馆上看见的地球鸟类的羽毛。也许，针对飞行的问题，进化给出的回答就是羽毛吧。

两人抵达的第一栋建筑，正面覆盖着类似玻璃的物质，有一种淡黄的色泽。阿莎看不见有入口，整个正面没有破损的地方，但有些地方有刮痕，好像有个顾客不耐烦，在闭店的时候非要进去。房子内部很暗，阿莎只能看见一两米深；里面有几条长凳，还可能有一个柜台或者一排桌子，像是一家饭馆。

旁边一家店面稍微宽阔一点，正面也是透明的，染成了紫色。但这一家的正面并不完整，有一块地方颜色更暗，说明是一个没有关上的入口，或是一个破口。这个开口形状不是长方形，而是接近圆形，上方尺寸比下方大一些，好像是供一种上大下小的生物出入的。阿莎走进去，眼睛适应了黑暗，发现左边是几个架子，放着一些类似玻璃的罐子和瓶子，右边墙上挂着一些物件，像是刷子和梳子，通过某种相互的引力而吸附在墙上，两边墙的中间摆着一组低矮的长方桌子。阿莎想，大概鹰巢星人肢体酸痛或者得了某些飞人专有的病，就会来到这里刷洗或治疗吧。

阿莎退到房子外面，心想：这个入口怎么没有修复呢？可能这里是公共服务的场所，始终开门，谁需要服务都可以进来？

旁边的店面是蓝色的，跟第一家一样完好无损。阿莎隔着透明玻璃，见到里面的玻璃墙上挂着些类似衣服的东西，看不出明显的支撑措施。可能是因为上层大气太冷，飞人需要防护，也可能飞人只是喜欢漂亮衣服。

阿莎注意到，她在这里看得清楚的深度要超过之前那两栋房子。阿莎转身望向广场，这时阿迪西亚拍了拍她的肩膀，指向房间后面的墙壁。朝阳第一缕光线已经把一切建筑变成了镜子，穿过广场，互相映射自己的灿烂。

阿莎看得见整个广场，周围是低矮的建筑，把广场完全包围，并没有街道可供出入。阿莎想，这一点很适合飞行的民族，可对于她和阿迪西亚这样的访客就不合适了，进来就不容易出去。

阿莎说："咱们藏起来，看看有什么情况吧。"

"藏哪儿去？"阿迪西亚环顾四周。这座玻璃之城实在没有可供藏身的地方。

"这儿。"阿莎指向两人刚刚走过的店面，领着阿迪西亚穿过入口，来到了房子里面，心想，可千万别有谁一大早就来刷洗或者按摩！

和鹰巢星人的遭遇是免不了的，不过在关键的第一次接触之前，也许能再收集一点信息。

日出之后没多久，第一批鹰巢星人就来了。阿莎想象，这些人怎样从玻璃织成的鸟巢里醒来，迎着渐次升温的朝阳展开翅膀，带着生命的喜悦对天空鸣叫，跃入风中。他们沿着斜线降落，先是一个，接着三三两两，俯冲下坠，翅膀向前华丽地张开，竖直立在广场中央；

变革

接着慢慢把翅膀收回到身体周围,像一件有生命的斗篷;慢慢转身,朝四下里张望。

这个场面就好像天仙出演的芭蕾一般,美丽优雅得几乎令人窒息。阿莎深吸了一口气,不禁浮想联翩:拥有天空,盘旋雀跃,而不再顾及引力或平时移动的种种限制,该是怎样一种感受呢?她和阿迪西亚使用红色球体造出的翅膀飞行,又是那么笨拙,二者真是天差地别!两人的动作,如今看来就像滑稽而拙劣的模仿。

阿莎藏在梳洗店的黑暗中观看,见那些飞人陆续靠近,有人独自行走,有人结成小群。阿莎惊讶地发现,这些人的长相可不像他们在空中的行动一般优雅,羽毛似乎染了灰尘,上面还有斑点,可能是霉菌。飞人的身体围在翅膀里面,阿莎看不见,但飞人的脸却不像天使,而是相当丑陋,眉骨突出,鼻子很尖,仿佛鸟嘴,口部则只有一道窄缝,偶尔分开,露出食肉动物般的牙齿。

阿迪西亚轻轻推了阿莎一下,让她注意飞人的容貌。

阿莎小声说:"这该算是漂亮,还是面目可憎?——都应该无所谓的。"她发现最后一句话是为了说服自己而说的。

微脑说:"但无论如何,人类在现实中确实会以貌取人。"

"嘘!"阿莎提醒微脑,这时却感到一只冰凉的手放在了胳膊上。

阿莎转身,后面有三个鹰巢星人,面容和广场上那些人一样丑陋,但轮廓却柔和一些,仿佛被时间和经验打磨过。这些人身材细长,全身覆盖有褐色的短羽毛,但最奇怪的是没有翅膀。难道鹰巢星人也有一类无翅膀的变种吗?

阿莎正想着,那只手已经拽着她往这"美发沙龙"后面退去,另外两个鹰巢星人拉着阿迪西亚的双臂。阿迪西亚想挣脱,但阿莎另一只手碰了碰他的肩膀，示意他放松下来，看看这些鹰巢星人要干什么。

三人领着阿莎、阿迪西亚走向房子后墙上一个开口，之前这开口不太明显，形状也适合鹰巢星人出入，开口那一边黑漆漆的看不清楚。阿莎思考了片刻这些抓住（或者说救援）自己的人是什么意图，然后让那些人把自己拉过开口，走下几段暗沉沉的阶梯，走向未知的场所与更加未知的命运。

让她不那么焦虑的是，这一切都寂静无声，完全没有吸引广场上那些飞人的注意。

一行人在长长的楼梯尽头停下了。前面这个房间的角落里有灯光闪烁，乍一看像个仓库。地板很宽阔，材料不是透明水晶，而是金属或者塑料，在众人眼前伸展开；上面有一道道金属梁，彼此距离相等；天花板也横过一道道类似的金属梁。这些支撑结构之间，有很多带有羽毛的衣服或者卧具，这儿一堆，那儿一堆。又有些没有翅膀的鹰巢星人围拢过来，步伐很怪异，因为这个物种生来不擅长走路。这里就是上面水晶城的基础所在，一个暗沉沉的支撑结构，托着整座水晶城。然而，支撑这个基础的又是什么？这里又怎么住了一群没有翅膀的鹰巢星人？

一走到楼梯的底部，之前那三个把他们拉到这个地下世界的鹰巢星人开始对他们喋喋不休说起话来。阿莎以为他们说话一定像鸟叫一样很尖利，其实却没有，声调要更加沉闷，好像是从肚子里发出来的；音节清晰而干脆，这种声音翻译起来应该容易一些。

"伙计们，不好意思。"阿莎用的是银河标准语，但愿这些地下生物有些和联邦接触过，"我听不懂你们说什么。"又小声对胸前的徽章说，"我们需要跟这些人交流，越快越好！"接着继续跟那些聚

变革

集的鹰巢星人说话。根据阿迪西亚的理解，以及外星人讲话的样子，这些外星人算是招待两人的主人了。阿莎说的话他们虽然不能理解，但可能会认得这是一种语言。阿莎说："你们把我们带到这下面来，是为了让我们避开那些占据广场的鹰巢星人，他们就要发现我们了。我们想用你们自己的语言跟你们谈话，而且我们也很快就可以这么谈话了；但是，咱们现在首先冷静下来，努力明白对方的意思，好吗？"

阿莎把双臂张开，心想，但愿这个姿势在鹰巢星文化和在人类文化（甚至联邦制度）里的含义相同。她走到最近一堆羽毛跟前，这些编织在一起，相当于一件斗篷或者一条被子。阿莎站在羽毛旁边，阿迪西亚站在阿莎旁边，面色很是忧虑。

"什么情况？"阿迪西亚问。

阿莎小声说："他们想要做什么，我们就顺从。"那些跟着他们的鹰巢星人还在一起用刺耳的声音叽叽喳喳。阿莎说："请你们一个一个说话。"为了说明自己的要求，阿莎指向那位刚把她拽出沙龙，拉下楼梯的鹰巢星人。

这个手势，他们好像明白了。杂乱的言语停息了，阿莎指的那个鹰巢星人走到近前，其他人转身离开了。

阿莎这才第一次看见，这些鹰巢星人并不是一出生就没有翅膀。他们背上有两个肿块，当初曾经是翅膀。这些人的翅膀被人截掉了！

之后两天，有很多这种被截肢的鹰巢星人来来往往，还有固定的休息时间，灯光会调暗。这期间，阿迪西亚真的睡着了。阿莎在脑子里把鹰巢星语过了一遍又一遍，又和微脑咬耳朵，问问题，终于实现了基本交流。她知道怎么跟鹰巢星人索要食物。食物包括一些碎肉，可能是较高阶层吃剩下的；一些有伤的水果，可能日常那些人们不愿吃；还有很多某种谷物煮成的粥，大概是下等人最常吃的东西。阿莎试了一点粥，发现并没有让身体受不了的损害。但她还是叮嘱阿迪西亚，只能吃连裤服口袋里自带的压缩干粮。

不过，大部分时间她还是在调查这个城市的情况。她说："这个地方（右手扫了一下，示意这个由地板、金属梁、天花板构成的整个空间），是它支撑这座城市吗？"阿莎又指向楼梯。

阿莎选出来当发言人的鹰巢星人回答：是这样。

"那，支撑这个地方的，又是什么东西？"阿莎指着地板问。

鹰巢星人回答了一个词，阿莎不明白，让鹰巢星人重复一遍。对方重复了，还加了一个手势：两只胳膊比画，表示他说的范围包括了房间、楼梯、上面的城市还有下面的结构。

"可能你要说的是'魔法'？"阿莎询问，虽然"魔法"这个词用的是银河标准语，"或者是'科学'？"

这两个概念超出了鹰巢星人的理解范围，于是发言人拉住阿莎的手，把她领向远处那堵墙，阿迪西亚跟在后面。三人靠近，墙上开出一个鹰巢星人尺寸的洞口，里面又是一组黑暗的楼梯。鹰巢星人不愿下去，往后退，松开了阿莎的手。

阿莎转向阿迪西亚："你准备好了吗？"

阿迪西亚点头。两人下了楼梯，越来越暗，只能摸索。最后终于下到最后一级，远处有暗淡的灯光。两人环视四周，见没有动静，便谨慎地往前迈进。这里又是一个大空间，基本结构与上面的差不多，

变革

但这个空间里布满了一些巨大的物体,排成四排。阿莎走到最近一个物体跟前,一只手放到上面,表面凹陷了。再用力推,手陷得更深了。

阿莎说:"这好像是一个有弹性的容器。"

"就像气球?"

"气囊,外层包装很厚的气球,气体的容器。"阿莎说,"不过这个气球好像没有完全充满。"

"古代人类文明曾经用气体充满软式飞艇,运送人员和物资。这是一种能控制方向的飞行器。"微脑说,"这种飞行器升空是通过类似这样的气囊,里面装满了比大气轻的各种气体。"

阿莎又来到另一个气囊跟前,这个气囊已经有了皱纹,手在表面按得更深了。"这些气囊可能需要维护。那些没有翅膀的鹰巢星人好像不敢下来,而有翅膀的鹰巢星人好像又把体力活儿留给了我们遇到的那些生物。"

阿迪西亚说:"所以这座城市可能正在丧失漂浮的手段,而且不知道怎么找回这种手段。他们还可能不知道这座城市的运行出问题了。"

阿莎说:"也就是说,城市肯定要落到下方大气层,可能是缓慢落下,也可能突然来一场灾难,让所有人一块儿陪葬。"

阿迪西亚说:"只有那些飞人不至于死掉。"

阿莎说:"就算飞人,一到晚上,没了地方落脚,大概也很难待在天上吧。一个种族一旦开始依赖某种环境,如果发生了突然变故,就会很不适应。问题在于:这种情况是发生了很久,还是外星入侵导致的症状?入侵者可能用这种方式暗中消灭掉有潜在危险的物种。"

阿莎指向一组黑色管道,这些管道铺设在一排排气囊中间的地板上。她跟着一条管道前进,最后发现管道在房子中间与其他管道汇集到了一起，形成一条粗大管道，连接着一个类似箱子的物件，高度和阿莎的身体差不多。"这可能就是从外部大气中抽取较轻气体的装置。"她说，"只是好像现在不管用了。"

微脑说："让我接触这台装置。"

阿莎把徽章伸向前面，碰到了装置侧面。

微脑说："这台机器的作用是维持住气囊里的较轻气体。它有基本的智能，似乎对目前的情况十分困惑，但它告诉我，自己已经没有燃料，无法实现功能，为此相当痛苦，呼叫帮助却没有人过来。"

阿莎问："你能告诉它怎么做吗？"

"遗憾，情况太严重了。要么因为某种袭击，而这种袭击已经从它的记忆中抹掉了；要么是因为疏于管理。"

阿莎说："所以这又是一个证据，证明鹰巢星也出了非常严重的问题，比如这些黑暗的楼梯——还可能比如那些没有翅膀的鹰巢星人。"

阿莎带着阿迪西亚，重新走上楼梯，来到了她认为是仓库的地方：既存放物品也存放人。她选的那个鹰巢星发言人（将来必须确定这人的名字，大概还有性别）正在楼梯顶端的几米之外缩成一团，显然十分忧虑（如果她对这种姿势的解读没错的话），但不愿意放弃希望，觉得这些陌生人依然可能从他十分恐惧的"阴曹地府"回来。

发言人看见两人出现在黑暗的入口，似乎表达了一种类似宽慰的感情，朝着两人走过来，但步子犹犹豫豫，好像在检查两人是真实还是幻影。

"我们回来了。"阿莎说，"你看，我们一点事也没有。"

发言人说："你们就像那些长翅膀的人一样勇敢。"

阿莎说："说到翅膀，你们是怎么没了翅膀的？"

"你们又是怎么没了翅膀的？"

"我们从来就没有过翅膀。"阿莎说，"可是你——"

发言人说："翅膀被拿走了，因为我们长大以后做了坏事，或者因为我们的父母就没有翅膀，他们的小孩生下来也要把翅膀拿掉。"

阿迪西亚说："生生世世的下层阶级。"这句话只用了人类语言。

阿莎说："你们不觉得这样不公平吗？"

"从来没有飞翔过，很伤心。"发言人说，"已经飞翔过，又让人把翅膀拿掉，就更伤心了。可这就是我们的命。"

就在这时，有个长翅膀的鹰巢星人从上面一层的楼梯走了下来，后面还跟着两三个。这些人与阿莎刚才看见的那些从天而降的人还不太一样，翅膀更短一些，好像经过某种修剪，但这些人相貌也一样难看。他们径直穿过底板，朝两人走来，一路把那些挡道的，没有翅膀的鹰巢星人推到一边。

这些人围住了阿莎和阿迪西亚，还有那个发言人。阿莎丢掉了一切反抗的念头。她完全可以把这些人收拾掉，哪怕这些人长着翅膀会飞；但只要一打起来，就会推迟将来跟星球的统治者们会面，而且会面一开始也会更加恶劣。

阿莎和阿迪西亚没了翅膀，就已经够糟了——如果他们有过翅膀的话。

第二十二章

赖利认为，最好能躲开鹰巢星人，不让他们看见飞船就想到飞船是个威胁。这就必须让红色球体飞在鹰巢星大气之外，而且在星球朝向日光的时候飞到黑夜那一边。目前飞船一直没有被远程感应系统监测到，这种系统就算存在，也可能因为外星入侵而无人值守，或者干脆不能用了。但他现在距离阿莎和阿迪西亚这么远，二人的命运又无从知晓，赖利还是为此很是不安。即使二人需要帮助，飞船也得花上大半个小时才能赶到。

陶德说："他们很机灵的。万一遇上大麻烦，微脑也会警告我们。"

显然，陶德已经变得像微脑一样擅长识别赖利的忧虑，而且更加重要的是还能够理解、处理这种忧虑。这可是这位多利安人的一大进步。或许他自己在半人马星上的经历，面对海洋生物的经历，触发了他直到现在才发觉的共情能力。陶德甚至还说了微脑的好话。

"阿莎和阿迪西亚已在鹰巢星城市安全着陆。"微脑说，显示自己也对这些没有说出口的忧虑作出反应，"两人正在探索一片开阔地周围的建筑。鹰巢星人目前还没有到达，可能一直要睡到黎明，这种习性与很多飞行生物相符。"

陶德说："我对我们的任务越来越怀疑了。我们探索这些星球，冒的风险越来越大，却什么信息也不能掌握。"

变革

赖利说:"我们掌握了很多信息。这一切的开端,是银河系旋臂的外围突然失联,联邦飞船不能返回,返回的飞船船员又发疯要杀人。我们已经探索了四个不同的星球,调查了不同的物种,这些物种遭遇了不同的命运,但有一点是相同的。"

陶德说:"他们的命运都很悲惨。"

赖利说:"这是一点,还有更重要的一点,就是这些悲惨命运的形式都很类似。"

"怎么会?这些物种命运都很不同啊。"

赖利说:"他们全都没有遭到身体的伤害,伤害都是他们自己做出来的,就好像回来的那艘联邦飞船一样。对于这些星球本身的损害,是因为无知而产生的。这些生物已经沿着进化梯子爬到了有智慧的程度,甚至能够实现星际航行,现在又落回到了出现智慧之前的状态。"

陶德说:"只有赭星人例外。"

"就算赭星人,也忘记了自己的历史,只记得用神话解读世界的古代,还有破坏巨大的性别竞争。"

陶德说:"所以可能是一种毒气,损害了高级思想功能?或者是一种侵袭脑细胞的微生物?"

赖利说:"我们并没有检测到什么让人痴呆的气体,也没有病毒,连某种共生形态的外星生物都没有。而且这些入侵者也没有袭击我们。"

"这个情况我们知道。"陶德说,"谁知道我们可能会把什么外星物质带回到联邦空间?这么一看,联邦的做法好像就合理了。"

赖利说:"最有可能是一种精神攻击手段,而且与我们调查过的这些星球上找到的信息有关。"

陶德说:"除了忘忧星。"

微脑说:"我已经开始译读忘忧星的划痕,确实是一种语言。我也开始译读其他信息,包括半人马星上的奇怪音乐。我已经接近到解码的程度了。"

陶德说:"你翻译出来就告诉我们。"

陶德还没有完全放弃对微脑的敌意。

微脑说:"阿莎和阿迪西亚被鹰巢星人拉着走下了黑暗楼梯,来到一个大型地下空间,那里好像住着很多鹰巢星人,这些鹰巢星人特征很不寻常,没有翅膀。"

接下来的48小时,赖利很是觉得漫长难熬。阿莎和阿迪西亚吃饭睡觉,努力和这些没有翅膀的鹰巢星人沟通,理解他们的语言。微脑的报告变得千篇一律起来,但赖利还是不安,直到最后微脑说,阿莎交流的那个鹰巢星人把他们领到远处墙壁上一个开口,阿莎和阿迪西亚走到了下面一层。

微脑说:"这一层有很多气囊,显然是有浮力的,是这些气囊让城市漂浮在大气上层。"

陶德说:"肯定得有这样的装置才行。"

"他们沿着管道找到一台机器,确定这台机器从周围大气中提取漂浮气体。"

陶德说:"肯定也得有这么个东西。"

微脑说:"但是,这机器已经不能运转了。机器抱怨说,没有燃料了,也没有人关心它的状态,更没有人过来加燃料,所以也就一直不能执行任务。"

陶德问:"是它告诉你的?"

"这台机器十分简单。"

陶德说:"也十分艰苦啊。"

赖利说:"最重要的是,这表示鹰巢星人已经忘了维护机器了,这么一来鹰巢星人就注定灭绝了。又是一种毁灭整个物种的方式。"

微脑说:"我已自行决定指导这台机器使用管道系统,添加库存的燃料。尽管库存也是有限的,但还能让鹰巢星人支撑几年,解决自己的问题,如果这问题他们能够解决的话。"

赖利说:"你这微脑,考虑得可真周全。"

微脑说:"我制造出来就具备这样的功能,而且我也因此必须解决那个加密信息的问题。入侵者袭击的不只是各个联邦星球,而是全体智慧生命。"

陶德说:"你还是多解决问题,少说点话的好。"

"我既能解决问题,也能说话,还能做很多别的事。"微脑说,"现在阿莎和阿迪西亚已经回到那些没有翅膀的鹰巢星人中间,阿莎发现这些人是一个永久的下等阶层,被那些有翅膀的统治阶层把翅膀夺走了。"

微脑又说:"这个地下室来了一队新的鹰巢星人,这些人有翅膀,但尺寸比阿莎见过的那些人的翅膀似乎更小一些。这些人围住了阿莎、阿迪西亚,还有那个无翅人。"

陶德说:"我们应该降落到鹰巢星上去了。"

赖利说:"等一下,阿莎只要想干掉这些残翅人,就一定可以干掉。"

陶德说:"阿迪西亚可没有阿莎的能力。"

赖利说:"阿莎会保护他的。现在我们一定要听阿莎的吩咐。"

可他心里却不像嘴上那么有底。

第二十三章

阿莎让那五个残翅人领着她、阿迪西亚、无翅人沿着黑暗楼梯向上，来到了先前那个店面——48小时之前就是从这里被带走的。阿迪西亚在身后绊了一跤，抓住她的一只胳膊。

"这些灯，你们得修修啊。"她用刚学会的基本鹰巢星语对那些残翅人说。

无翅人说："你千万别说话。"

黑暗中，阿莎听到一声沉闷的重击，像是翅膀打在了身体上。那无翅人遭到了惩罚。阿莎想，这些人没有打自己，可能是他们还没有把自己归为下等阶层，需要改造？又或者她的罪过要严重得多，惩罚也要严厉得多，打一下根本不算什么？

一行人来到了相对明亮的商店里。三个飞人躺在桌子上，由那些无翅人负责刷洗、按摩。阿莎猜得没错，这果然是给人梳洗的"美发沙龙"。看到他们走过去，两个飞人抬起头来。从近处看，这些人要更加丑陋，几乎带着一种鸟类的贪婪，让人心里发毛。阿莎想，他们肯定是从猛禽类进化来的。她还想，不应该以貌取人，他们大概也认为自己一样丑陋——而且兴许还可以当食物吃掉。

残翅人押着阿莎他们穿过广场。广场布满了翅膀完好的飞人，走来走去；但是这些人的脚像爪子一样，走起来步态很怪异，像是水手走在颠簸的甲板上，不得不随时保持平衡。其他飞人则翱翔在城市上空，享受着自己种族所掌控的一切景色，为之欣喜不已，仿佛这种在天空的游乐，就是他们存在的原因，也是存在的回报。

这一群生物，华丽优雅，好似他们容身的空气一般无忧无虑，对日常琐事毫不挂碍；对即将到来的毁灭，既不知道，也不在意。阿莎想，他们可能只是进了城以后才变成了这些蹒跚行走的生物，沉湎于空虚和残忍，截掉同胞的翅膀，把同胞降格成了奴隶。也许他们的全部生命、所有乐趣，都完全依赖于低级鹰巢星人的牺牲吧。

这时候，一行人已经来到了广场的边缘。一段距离开外，像是又一间店面的墙上，已经开启了一个鹰巢星人形状的洞口。守卫推着他们走进洞口，来到里面的一条小径上。这条小径不算多么宽，即使生拉硬拽也没办法想象成大街；这里的建筑比广场边的更高，小径就在这些建筑之间蜿蜒而行。阿莎想，飞行的生物不需要大街，也不重视大街；这些细小的"动脉"应该是给那些无翅人走的，也可能是那些残翅人。残翅人的作用可能是高级飞人的警卫、民兵或者佣兵，也可能是少年飞人，充当监视者，将来长出了成人羽毛，有了飞行权利，才算正式长大。

一行人远离"市中心"，走过的建筑功能不明，而且很可能以后也弄不清楚。越往前走，这些建筑就越高，这一点和大多数城市刚好相反。远处看去，大厦好像水晶一般闪闪发光，凑近一看却不那么光彩照人了。那类似玻璃的表面，在与小径平齐的高度被划得伤痕累累，路边到处都是垃圾，建筑上层有黄色白色的长条痕迹，还夹杂着暗色，好像那些上空掠过的飞鸟曾经拉屎撒尿，毫不关心底下什么情况。众人经过一块圆形凹地，这里的水晶玻璃纤维也像大楼一般被污染了，

变革

而且散落着飞人换下的羽毛。

他们终于来到一栋最高的建筑旁边,在城市边缘高耸入云。阿莎见到天空仿佛低下来,与这鹰巢星大厦弯曲的边缘相接。边缘之外空无一物,一片广袤的虚无,底下是万丈深渊。

三名高级飞人从上空什么地方俯冲下来,落在众人旁边,翅膀完全展开。三人往前行进,把阿莎、阿迪西亚和无翅人,与那些残翅人分开,用钩爪从身后攫住三名俘虏,爪子陷在肉里,猛拍翅膀,把三人抓到空中。

就这样了,阿莎想。我们要从这儿被扔下万丈深渊了!她想,有没有时间让红色球体赶过来拯救我们?

但她很清楚,没有时间了。

三名俘虏在空中升得更高了,前去的方向不是那可怕的城市边缘,而是沿着大厦一边向上,最后终于来到楼顶。楼顶是四方形,平平整整,距离城市边缘的稠密大气很近,近得令人发毛。高级飞人松开爪子,退到一旁,完全没有看着落脚的位置,无视了下坠的危险。阿莎想,鸟类对于高度的理解应该和人类不一样吧。

这一小群人对面,楼顶远处(所谓"远处"只有几米开外),距离边缘一米的地方,安了一个小栏杆,但这个栏杆并不在最边上,无法起到任何防止坠落的作用。阿莎想,这个栏杆究竟干什么用的?接着,又有一个鹰巢星人从那边飞了上来,栖落在栏杆上,就好像要回答阿莎没有说出口的问题一般。这个人的脚爪死死地抓住用以支撑的栏杆，这个栏杆可能是地位的象征，就好像王座或者法官的椅子。

这个栏杆上的鹰巢星人，个头似乎比先前阿莎见过的所有鹰巢星人都要来得大些；翅膀更破，鸟喙更尖，眼皮更加下垂，眼神更加阴鸷，嘴巴更宽、更松松垮垮。可能因为这个人的地位很高，各种特征在阿莎眼里被放大了。这个人张开丑陋的嘴巴说道："你们是陌生人，陌生人一律死刑。"

阿莎说："我们不是陌生人，是访客。按照跨银河法律，访客必须受到欢迎，以迎宾的礼节相待，拥有当地公民的合法权利。"现实中这个法律的确经常被人无视了，但如今说一说肯定不会有坏处。

"您千万别说话。"无翅人小声说。

一只翅膀从后面猛击了阿莎一下，阿莎往前踉跄了几步，靠近了建筑的边缘。

"你说话像谜语一样。"那个飞人主管说。这个人的身份是法官？市长？皇帝？主管是否有权不经审判就作出判决？

"万法非法，唯有鹰巢星之法。没有什么跨银河法律，也没有访客。只有鹰巢星人和陌生人，而陌生人一律死刑。"

阿莎说："我们不是陌生人，是信使。"说完就等着翅膀打过来，没有打。阿莎又说："我们是来帮助你们的。"

飞人主管说："鹰巢星人不需要帮助。就算需要帮助，也不可能由无翅人帮助。你们没有翅膀，是没有翅膀的陌生人，一律死刑。"

阿莎说："我们来自没有翅膀的世界。"

"那多么可悲啊！"飞人主管说，在休息杠上换了一下姿势，"多么低级啊！你们是一个仆人组成的世界。"

阿莎说："银河充满了各种各样的生物，每一种生物变成自己的

变革

样子，都有自己的原因。每一种生物都有不同的能力、不同的视野、不同的理解现实的途径。你们会飞，我们会跑，但是有各种会飞的机器。"

"他们这个民族，肯定原始得很。"

阿莎说："就像一切拥有自我意识的生物一样，他们也会创造发明，寻求智慧，努力明白现实。这些方面，他们全都一样，所以才称之为——人民。"

飞人主管说："但你们仍不明白拥有翅膀是什么样子。"

阿莎说："我们明白你们飞行的乐趣，明白飞行对于你们有什么样的意义。我们因此而羡慕你们，但与此同时也珍视自己的特征，其中一个特征就是承认不同的存在。"

"只有无翅人才需要关心自己的不同。"飞人主管说，在杠子上又变了一下姿势。阿莎想，这算是飞人的习性？是紧张的抽搐，还是疑虑的表现？飞人主管又说："但我必须听那另外一个无翅的陌生人说话。"

"他不会说你们的语言。"阿莎瞧了阿迪西亚一眼，努力告诉他：我谈判的时候你千万别添乱。但愿微脑把这句话翻译过去了，阿迪西亚的耳环听得见。

"那么，我就必须听那个跟你们一起来的仆人说话。"阿莎不知道鹰巢星语的"仆人"跟"奴隶"是不是同一个词。

"阁下，您是对的。"无翅人瑟缩了一下，好像怕挨打，但没有挨打。阿莎不知道"阁下"这个词是否相当于"大人"、宗教称呼"圣座"或"殿下"，还是这三者的混合。无翅人又说："您说的一切都完全正确。"

显然，这无翅人挨打挨多了，肯定帮不上忙。

飞人主管说:"那你就必须老实交代,在执行死刑之前!"

阿莎瞥了一眼屋顶边缘,这里也相当于城市的边缘,深渊从这里开始。她又回头看那个飞人主管,飞人主管又在杠子上变了一下姿势。

阿莎说:"我们见过了你们的城市,真是一座了不起的创造,同银河系的一切都不一样。"

"你说的这个'银河系'是什么东西?"

"就是天空黑下来的时候,你看见的所有星球。"她指向天空,太阳正放射着微光而不是烈光。阿莎做好了防范,预备有翅膀打过来。并没有。阿莎接着说:"天上这一切光点,都是太阳,跟你们的太阳一样;大多数这些太阳还都拥有像我们所在的这样的星球,上面生活着多种多样、形状各自不同的生物;有些生物还坐着会飞的机器,在星球之间来回飞行,成功地彼此认识了。他们花费了巨大的人力物力,忍受了巨大的牺牲,因为他们想相互了解,也要了解他们居住的这个银河系。"

鹰巢星人用一双猛禽的眼睛瞪着阿莎;"只有鹰巢星,没有其他的世界。你说的那些光点,我们从来没有见过,因为根本不存在。鹰巢星人在光明的太阳沉入黑暗之渊的时候歇息,又通过祭典把太阳召唤出来。"

阿莎说:"但是,在你们的大气层达不到的地方,的确有很多飞船存在!那些是鹰巢星人修建的飞船,在那些太阳之间来回穿梭的飞船,将你们伟大的鹰巢星文明带到其他世界的飞船,而现在,这些飞

变革

船全都变得空荡荡了！"

"你的言语没有丝毫意义。"飞人主管说，"行刑！"

有人从后面抓住了阿莎的双臂。阿莎喊道："等一下！"她完全可以单用双脚挣脱，而且伤害那些飞人守卫，但她还没有放弃说服这些冥顽不化的鹰巢星人的想法。飞人还抓着她的手臂不放，但是力道稍微放松了一些。阿莎继续说："你们是一个伟大的民族，实现了星际航行，可是现在你们却忘记了！"

飞人主管说："我们什么也没有忘记。"

"你们那些宏伟的建筑已经年久失修了。你们的街道充满了垃圾和尘土。"阿莎本想加上"羽毛"和"粪便"，但这样可能会太过刺激鹰巢星人的感情，"你们的城市靠着那些充满轻质气体的气囊支撑，才能高高飞翔。可这些气囊也缺人照料，快要不能用了！"

飞人主管说："没有这样的支撑。"对那个无翅人说："这是仆人关心的事情。"

无翅人说："阁下，我没有见过这样的气囊。"

"这座城向来这样，也会永远这样。"飞人主管说，"托举这座城的是鹰巢星诸神的翅膀，诸神永远不死，翅膀也永远不会停下。"

阿莎说："这座城市早晚要垮掉，因为你们已经忘记了。这不是你们的错。你们受到了来自外星敌人的攻击，被剥夺了你们光荣历史的记忆。你们一定要想办法记起来！如果记不起来，就必须相信我们，接受我们的帮助，迟早——"

好像那飞人主管发出了一个看不见的信号，那些抓住阿莎双臂的手，毫无征兆地把她推过了建筑边缘。阿莎自由落体，在空无一物的空气中下坠。

第二十四章

　　阿莎一路翻滚着下跌，往下眺望那广袤的虚空，又往上看着自己被扔下来的漂浮城市。向上看的一刹那，又看见另外一个黑暗的影子，衬着明亮的天空坠了下来。那是阿迪西亚。接着一圈旋转，她又看见第三个影子——无翅人。无翅人也遭遇了跟他们一样的命运，在阿莎寻找答案的路上，竟然把无翅人当了牺牲品，她不禁感到一阵难过。

　　阿莎伸开双臂，稳定了下落的身体；与此同时小心翼翼地从口袋里掏出那团红色物质，抵抗着身边呼啸而过的狂风拉力，把防护膜贴在了身体上面。防护膜终于自行展开，生出了那双把他们带到城市里的翅膀，如今又可能拯救他们逃脱这场死刑了。翅膀兜住了狂风，阿莎调整身体，让阿迪西亚冲着自己落了下来。在阿迪西亚掠过阿莎的千钧一发之际，阿莎抓住了他的胳膊，大喊："你的翅膀！小心啊！"

　　阿迪西亚把手慢慢伸进口袋。阿莎放开了他，刚好能够及时抓住那个无翅人。她用鹰巢星语叫道："我抓住你啦！"无翅人的身体轻盈得出乎意料。阿莎想起来，地球鸟类的骨头是中空的。"别乱动！"

　　鹰巢星人恐惧万状，可是伴随着恐惧的还有一种濒死的快感。自己终于被风拥抱了，进化使得他在空中体验到了欢乐。

　　尽管有了这个比较轻的负担，阿莎还是很难稳定自己的下落轨迹，直到翅膀开始张开，红色物质似乎在适应两个人增加的重量。阿莎胸前的徽章说:"要寻找上升气流!地球上古代的飞鸟就是这样停留在空中的!"

阿莎四下里张望,想看看有什么上升气流的迹象,结果瞧见下面有一处云团似乎在张大。阿莎努力向云团移动,过了片刻就感觉自己和鹰巢星人升了起来。阿迪西亚也通过耳环听见了那个消息,选定了另一处云团。很快,两人都飞向高空,接近了遥远城市的高度。

两人也都看到,远远地有一群鹰巢星人拍着翅膀飞来,恐怕三人还没有真正逃脱死刑的命运。

徽章说:"下降!救援马上到!"

阿莎在前,阿迪西亚在后,离开了上升的空气柱,落向更加浓稠的大气。然而那些飞人的动作却更加迅速,宛如猛禽扑向可怜的猎物一般。

飞人几乎要抓到他们了,就在这时,红色球体好似幽灵,在空中直穿而过,冲散了那群飞人。先是阿迪西亚,后是阿莎和无翅人,都被球体吸收了。阿莎想,总算得救了。这类最后一分钟营救的英雄事迹完全不可控制,风险太大。

又过了片刻,三人站在红色球体内壁的走廊中,阿莎和阿迪西亚的翅膀已经缩回了防护服里面。无翅人左顾右盼,瞧着飞船内部,又看赖利与陶德;眼神先是茫然,后是震惊。

赖利把阿莎紧紧抱住,"你回来了!"

陶德用象鼻抓住了阿迪西亚一条胳膊。这样的亲昵动作,阿莎从来没见过。

阿莎说:"你们来得太及时了。"

赖利说:"你们一被抓走,微脑就告诉我们了。我们要赶过来还得半个小时。我们就赶紧下降。还好你一直跟他们说话，拖延时间。"

阿莎说："我不是拖延时间。我是真的以为能有机会说服他们的。"

赖利说："外星入侵好像导致的变化是不可逆的，什么一旦丢了就回不来了。"

阿莎说："也许只要有足够的时间，那些受影响的物种还是能够让自己的种群再次运转。精神变化肯定持续不了一代人以上，只要这些物种还能坚持一代人。"

"我们拿这个生物怎么办？"陶德用鼻子指向鹰巢星人，"还有，我们什么时候离开这个悲惨的星球？"

阿莎说："关于这个鹰巢星人，我有个安排。咱们先爬升到那些倒霉的飞人飞不到的高度，那时候我再看看这个计划管不管用。"

阿莎转向鹰巢星人，这个人显然被周围的环境吓傻了。阿莎用鹰巢星语说："这就是我跟你叫'阁下'的人说起的飞船。而这个人（指向陶德）就是那很多生物中的一个，住在距离鹰巢星很远的不同的星球上。"

鹰巢星人说："你们都是神！"这个念头似乎让他不那么害怕了。

阿莎说："我们不是神，而是像你一样的人，像那些其他的鹰巢星人一样，在外星人攻击你们之前。"

鹰巢星人说："我不记得了。我们的阁下说那不是真的。阁下历来都用神的语言说话。可是你们也有翅膀，虽然这翅膀不像我们侍候的那些伟人的翅膀。我也就必须相信你们了。"

阿莎说："我们不是神，但我们说的是真话，而且你必须为你所在的这个困难的世界作一个决定，但不是现在。你先休息，明天再作决定。"

变革

大家给鹰巢星人安排了飞船餐厅地板上一个地方休息（鹰巢星人拒绝睡到阿莎和赖利睡觉的地方，因为不愿意在这个完全陌生的环境里独自一人）。鹰巢星人吃饭的时候只吃了大家送过来的一碗粥。过了半个周期，鹰巢星人又找到了阿莎，"我已经决定了。你救了我这一条贱命，这条命任你处置了。"

"你的命，你必须自己处置。"阿莎说完，掏出一块红色物质，按在鹰巢星人一边肩膀上。那肩膀依然生着短短的羽毛，好像在嘲笑一个没有实现的约定。红色物质伸展开来，覆盖了整个身体。鹰巢星人低头看，似乎为这种变化感到疑惑，还有点害怕。阿莎又从另一个口袋掏出另一点红色物质，按到自己身上。

"现在，我们一样了！"阿莎拉起鹰巢星人的手，和自己一道穿过了红色球体打开的表面。两人手牵手向下坠落，直到阿莎的翅膀生长起来，接着鹰巢星人的翅膀也变大了。"现在你飞吧！"阿莎放开了鹰巢星人的手。那人往下落了一瞬间，翅膀就行动起来，继而带着他飞向了高空。阿莎和阿迪西亚必须练上好多小时才能正常飞行，而这个鹰巢星人却立刻展现了本能，那生来就适应空中生活的物种本能。他飞行得无比骄傲，似乎有生以来一直没有中断过。半个小时的极乐之后，阿莎飞速靠近，拉住鹰巢星人的手，又把他拽回了红色球体。

两人又站在了红色球体的外壳旁边，两人的翅膀收了起来。鹰巢星人兴奋不已，志得意满；但因为刚刚找到的空中自由不得不中断，又因此而不太高兴。阿莎说："你现在必须作出另一个决定。我们马上就要让你离开了。你可以带走这对新的翅膀，想飞到哪里就飞到哪里。

但是其他有翅膀的鹰巢星人还是不会欢迎你，因为你跟他们还是不一样。你可以在空中自己生存，但飞行的方式依然跟他们不同。"

阿莎又说："还有一条路：你可以用这对翅膀飞回自己的城市，用你新发现的知识帮助那些没有翅膀的伙伴们，让他们明白，他们服侍的那些生物并不比他们优秀，也不比他们聪明，做的事情却比他们坏得多。那些生物夺走了同胞的翅膀，夺走了他们飞行的权利，强迫他们变成了下层的奴隶。

"你还可以把这个信息带回去：你的城市，还有这个星球上其他的城市都要停止运行了，而且还要坠落，除非你们能够成功地维护城市——除非你们能够克服恐惧，下到你们住处的下一层，重新操作那些让城市漂浮的机器；最重要的是，要拒绝那些有翅膀的生物对你们的统治。没有了你，他们的世界就一定要毁灭了。你做了自己，就比他们强大，比他们聪明，能拯救你的星球。现在，你决定吧。"阿莎把鹰巢星人推出了红色球体的外壳。

其他人都沉默了片刻。他们先前一直看着阿莎和鹰巢星人，想看看阿莎要干什么，然后考虑应该作出什么反应。

阿迪西亚说："你觉得那些生物会怎么做？"

阿莎说："我不知道。但是我们每一个人早晚都要作决定——为了我们的生活、希望，为了家人朋友，为了社会，甚至为了我们整个物种。我们可能永远也不知道这个鹰巢星人会怎么决定，这决定会带来什么结果，但我们大多数人都会这样。"

"现在必须接着执行任务了。"赖利说："哪怕还是没有获得外星入侵的新情报。"

变革

微脑说:"不完全是这样。"

陶德问:"什么意思?"

"我之前询问气体抽取机的时候,发现了鹰巢星人收到的一条信息。"

阿迪西亚问:"啊?"

微脑说:"跟之前那些信息一样费解。"红色球体内壁上出现了一串符号:

接受 矮 自 天文 久远 物 全部 创造 空间 但 永 没有目的

陶德说:"又是白费时间精力。"

微脑说:"我们只有解决了入侵之谜,才能最终理解这些入侵者。"

"我们先前的调查都发现了这些无意义的信息碎片,还发现很多物种毁灭了。"陶德说,"这次任务漫长而危险,却什么情报都没有取得,一切努力和风险都浪费了。"

"但这次远征还是明白了一件事,我们还没有考虑过。"赖利说,又朝着阿莎胸前的徽章说,"把我们去过的星球的星图显示出来。"

红色球体内部显出一幅星图。

赖利说:"把这些星球加高亮。"

"孤儿世界"忘忧星变成了黄色,然后是后几个星球的太阳:半人马星、赭星、大洋星、鹰巢星。

赖利说:"你们看出什么不对劲儿了没有?"

阿莎、陶德、阿迪西亚端详了星图一阵,阿莎说:"三维世界用二维图像呈现会发生扭曲。考虑到这一点,这些星球好像组成一条直线。"

陶德说:"那是我导航的结果。如果你们还记得的话,当初是我引导你们前往这些归于沉寂的星球。"

"但你并没有提到这些星球代表一条横穿银河系的直线。"赖利说完,又对徽章说,"把这些点连接起来。"红色球体内壁出现了一条笔直的白线,穿过了黄色光点。

陶德说:"联邦中枢获取的图样上面,这一点并不明显。"

赖利说:"现在明显了。"

陶德说:"可这条路径要去往哪个方向呢?从这个序列看不出来啊。"

阿莎说:"可以从这几个星球破坏的相对阶段推测。"

赖利说:"忘忧星的命运相对更接近最终阶段,可能也更加古老一些。整个星球的人都死了。"

陶德说:"然后可能是大洋星上的海洋居民。"

阿迪西亚说:"接着是四条腿的半人马。"

阿莎补充说:"楮星上那些杀男人的女人。"

阿迪西亚说:"最后是鹰巢星上的鸟人。"

众人说话的时候,星图上各个星球的颜色变了,忘忧星是暗淡的黄色,鹰巢星是明亮的黄色。赖利说:"忘忧星似乎位于银河系旋臂外围,地球人叫'猎户座'的地方。如果推测入侵来自地球人叫'天鹅'的旋臂,或者更远的矩尺旋臂,就说得通了。"

阿莎说:"也可能直接来自另外一个银河系。"

陶德说:"我们要是能够追踪回到那些还没有探测过的旋臂,就可能发现一系列毁灭的星球,一直通到银河系边缘。"

赖利说:"而且,一系列毁灭的星球的路径可能会穿过天鹅座旋

变革

臂,时间是一百万长周期之前。天鹅座旋臂的居民创造了超验机。可能因此他们才要在我们的旋臂设立这一组中转站。"

阿迪西亚说:"这就说明入侵者可能是凭着动量前进的,可能一直在使用跃迁点。"

阿莎说:"他们不太可能会知道超验机民族创造的近路。"

陶德说:"这一切都是猜测。目前可以确定的是,这条行动路线从外到里,是一条直线。为什么会是直线,还有待探索。但是从这条线本身,我们应该能够预测外星人下一步会攻击什么地方。"

赖利对徽章说:"扩展星图。"

星图向左展开,又出现数不尽的星星。

"延长直线。"

直线向左延伸,穿过几个星团,但没有碰到任何星球。最后从两个彼此靠近的光点中穿过,几乎碰到这两个光点。

陶德说:"我知道这个区域。这是一个双星系统,有一颗行星,在两颗恒星之间运行。我们叫它'极限星',因为这里的居民在冰冻和烧烤之间只有几个长周期的间隔。"

微脑说:"就像蜉蝣。"

陶德说:"蜉蝣是什么?"

微脑说:"地球上的一种昆虫,只能活一天。"

陶德说:"蜉蝣,很贴切。更重要的是——这一点在你的星图或者其他星图上都没有出现,但是蜉蝣星之后,再把外星入侵的路径伸展一百光年,就会到达联邦中枢!"

第二十五章

前往跃迁点的旅程无比枯燥，只有跃迁点本身传送时那种"出离世界"的体验，才提供了一些不同。时空处于异常的非现实状态，阿莎、赖利、陶德都已经很熟悉了，把它当作一场噩梦；就连阿迪西亚也在漫长的旅途和时常的跃迁之间，习惯了非现实状态。众人对于外星入侵，对于外出期间联邦中枢情况的担心，已经不那么厉害了，因为他们意识到自己的漫长旅途可能将要终结了。不过谁也没有说起旅途的终点将会怎样。最后阿迪西亚打破了沉默：

"这个外星入侵，等我们赶上了它，会怎么样呢？"

陶德说："我们会认清它的真面目，可能还会知道怎么对付它。要是这东西太厉害了，我们对付不了，那我们就研究怎么向联邦中枢汇报。"

阿迪西亚说："我们去过的五个星球，已经被这东西毁掉了。那些没去过的星球，被毁掉的还不知有多少。我们跟这东西遭遇上，会怎么样呢？"

阿莎说："我们只要一发现这东西的身份，就会制定出一个战略，根据当时当地的具体情况。"

阿迪西亚说："五个不同的种族，用尽了整个星球的力量，而且

变革

都是联邦的成员，竟然对付它都无能为力。还有那些训练有素的联邦船员，要么死掉了，要么变成了杀人狂。我们这一艘小船，没有武器，又能怎么样？"

赖利说："有一个最大的不同，就是我们已经知道有危险了。"

阿莎说："我们对于外星人可能的进攻，准备得比他们都好。"

阿迪西亚说："哪怕这进攻者是一支小舰队？而且他们的科技还比我们先进。"

陶德说："目前没有证据显示这次入侵是物理攻击。赖利已经指出过，每一次都是精神攻击或者心理攻击。"

"这才是我最害怕的。"阿迪西亚说，"你们三个没准儿还能抵抗这类攻击，我大概就不行了。"

陶德说："这个担心倒是挺有道理。"

阿莎说："我们会保护你的。"

"而且，我们还有一个优势。"赖利说，"微脑不太可能像人类一样脆弱，容易受到精神攻击的影响。心理攻击就更是肯定不怕了，而且微脑也意识到了危险。"

"微脑，哼！"显然阿迪西亚还没有消除有生以来对微脑的恐惧和仇恨。

微脑说："我会保护你们，就如同我一直保护你们一样，甚至在你们不知道的时候。"

一行人终于来到了蜉蝣星系。两颗恒星一大一小，大的橙黄色，比地球太阳稍微大一点，亮度超出地球太阳10%。小的是一颗红矮星，尺寸为大恒星的一半，亮度还不到大恒星的一半。两颗恒星之间是蜉蝣星的轨道。这轨道是被双星塑造，又被双星拉长的。

陶德说："蜉蝣星的轨道让这颗星球从距离两颗主星很远的冰冷地带来到大恒星附近，画了一道弧线。蜉蝣星轨道每隔大约一百个长周期会穿过'适居带'，这段时间，大洋熔化，空气可以呼吸，蜉蝣星人也会从几千个长周期的休眠中醒来。然后，蜉蝣星会接近大恒星，变得太热，又不适合居住了。蜉蝣星人会在地下冬眠的房子里挤成一团。蜉蝣星绕过大恒星，几乎所有海洋都会蒸发成大气，形成浓密的云，遮住蜉蝣星，让它免遭最灼热的温度伤害，直到行星再次穿过'适居带'；大概只能维持五十个长周期，就会再次开始冰冻，周而复始。"

"太厉害了。"阿莎说，"他们有这样巨大的困难，竟然创造出了文明，还去了别的星球。"

陶德说："这就证实了生命有多么顽强，宇宙间的知性能力有多么伟大。"

微脑说："蜉蝣星人的故事，与地球上昆虫的生活很接近。有些昆虫会以卵或者幼虫的形式在地下生存好几个长周期，在合适的季节爬到地面上进行生殖，重新开始生命的旅程。有些生物栖息在温泉或者沙漠里，沙漠每隔几年才会下一场小雨，它们就在这场雨中活动起来；还有些会在北极地带一直冰冻，持续更久，在冰雪融化时重现生机。"

陶德说："有一种说法，蜉蝣星人就是由昆虫进化来的。"

红色球体慢慢接近了蜉蝣星系。星系有一条冰块与石头组成的贫瘠的流星带，蜉蝣星本身，还有双恒星。陶德认为，这对双星的引力相互影响，可能把其他行星吞没或者排斥掉了，也让流星带变得更为单薄；因为宇宙的偶然事件，才留下了蜉蝣星孤零零的一个。

陶德说："可能是这么一种情况，两颗恒星原本各自形成了行星带，然后一颗恒星入侵了另一颗恒星的轨道，变成了双星系统；然后

变革

双星吃掉了二者之间的所有行星,只剩下蜉蟒星。"

众人来到了星系内部,走得越来越深。红色球体的屏幕只显示出两个太阳;这时候还是两个光点,彼此间隔半光年,镶嵌在黑暗的天幕上。余下的部分,以前可能是一个星系,拥有各种各样的小行星和更小的天体,现在似乎空空如也。然后,飞船绕着小恒星旋转起来,看见远处有个物体投下暗淡的影子,那就是孤零零的蜉蟒星,过去大动干戈的唯一幸存者。此时的蜉蟒星已经从轨道最遥远、最寒冷的部分慢慢转了过来,开始逐渐加速接近"适居带",整个星球连同居民和栖息地都会重获生机。

"我们可能抢在外星人之前到达了蜉蟒星。"赖利说,"也可能他们已经到了,发现蜉蟒星人正在冬眠,对他们的攻击没有反应,于是就走了。"

阿迪西亚说:"也可能是等着蜉蟒星人醒过来。"

陶德说:"要这样的话,他们现在在哪儿呢?"

屏幕上并没有什么迹象类似外星人的威胁。阿迪西亚问:"可是,外星人的威胁该是什么样子呢?"

赖利、阿莎、陶德面面相觑。

微脑说:"如果这个系统没有什么迹象表示它是人造的,那么它看起来一定是完全自然的。"

陶德说:"而且没办法探测到。有不止一个原因——可能赖利的推断错了。"

赖利说:"我们不可能知道对错,除非能对这个系统作出更加详细的调查,不只是看上两眼就走。我建议,咱们先从蜉蟒星本身开始。"

于是,红色球体降落在冰冻的星球表面;这时候,星球刚刚从太阳恒星系远端的深冻状态醒来。

ᵢᵢ

赖利与陶德穿过球体那红宝石一般的墙壁，来到了一片冰雪和寂静当中。两人站在暮色中瑟瑟发抖。其中一颗黄色太阳，是一个圆圆的小光球贴在地平线上；赖利想，这尺寸大概就和地球太阳从木星上看去差不多。另一颗恒星则高悬在黑暗的天幕上，差不多只是一个红色的小点。固态冰洋表面的空气，曾经有如随风流动的雪片，掠过整个冰洋；这时空气已经开始解冻了，湖泊与池塘上面有了一处处液态水的小池。这些海洋日后一定会重现生机，与之一道的可能还有海洋中不会冻僵的本地生物。然而，这时的寒冷却超过了"严寒"的水平，赖利和陶德亏了防护服的温暖，才没有立即被冻成冰棍。

陶德说："这里没什么情报可以收集的。"

赖利说："微脑探测到附近有一些低级碳基生命的迹象，应该是那些小山。对于冬眠的种群，要找地方睡上几百个长周期，这里大概最合适了。"

赖利在冰原上艰难跋涉，朝着小山走去，陶德也拖着脚跟在后面。很快，两人就面对了覆盖巨冰的岩层那陡峭的脸庞，好像巨大的水流从山顶上倒下来，形成了一面冻结的瀑布。陶德看着阻挡两人前进的障碍，一只手放在冰面上，像是要看看有多厚。

陶德说："就算能够一点一点弄掉这些冰层，或者融化掉，走过去，肯定也会发现什么金属门，厚度完全可以防止长夜的热量散失。"

赖利说："我们已经走了这么远，回不去了。"

变革

"这座小山里面有一些有限的生命迹象。"赖利胸前的徽章说。

"就算可以进去,蜉蝣星人肯定还在冬眠,提前把他们叫醒,可能会让他们送命的。"陶德说,"还有,让他们暴露在这个任性的世界跟前,而这个世界还没有准备好让他们短暂地醒过来,他们可能也活不下去了。再说,我们能向他们学到什么呢?过去一百个长周期当中的一切,他们肯定都不知道。"

赖利说:"放着不管,让他们醒过来面对外星人入侵,也不算更好的选择。"

两人就这么站着,在冰层中间,完全无所适从。

"我感应到小山内部有一股能量流,导向山顶。"微脑说,"山顶可能有什么东西需要能量。"

赖利和陶德仰望冰块与岩石的绝壁。从这里的小山脚下,透过头上的红色防护膜,两人什么也看不到。

陶德问:"咱们怎么上到山顶呢?你大概可以攀爬上去,我肯定做不到。要不然咱们绕一下,看看有没有斜坡?只是这样的话我们的空气或者热能就不够了。"

"我冒昧提个建议。"微脑说,"附近有一艘飞船。"

几分钟后,飞船接起二人,重新放在了覆盖坚冰的小山顶上。冰层在脚底下很滑,但在边缘一处断崖的金属基座上面赫然立着一个建筑。两人连忙跑了过去,碰到了坚硬的金属基座,已经没有冰层覆盖,好像从来就没有遭到冰的侵袭一般。

微脑说:"我能检测到这个结构内部有热量反应,等级超过周围岩石100倍。看来有能量流为它保温,使它运转,可能以此挨过漫长的冬天。"

赖利与陶德绕着结构转了一圈。基座顶端似乎有一层黄色金属，大概是用金属丝编成的一个粗糙不平的方块。在特定角度，赖利能看到遥远的黄色太阳的破碎影子。阿迪西亚在空中盘旋的飞船上报告："这东西好像是一个神庙。"

阿莎说："可能是蜉蝣星人对这个时远时近的太阳的一种祭奠。"阿迪西亚把阿莎的评论转述给了赖利和陶德。

赖利说："说得在理。"

陶德说："但它还是没有新情报给我们。"

赖利胸前的徽章说："让我碰到基座，我可能会收集到一些情报。"

赖利说："这地方实在太冷，我的手非冻掉不可。"

微脑说："你让胸口碰到基座就行。"

赖利往前走去，胸口碰到了基座，似乎感到防护服里面的热量渗了出去。

"不错。"微脑说，"可能是神庙，但肯定是一座射电望远镜。"

"聚焦在太阳上面。"阿莎说，阿迪西亚转述，"可能是为了让居民知道什么时候醒过来。大概是在冬眠房子开始准备日常生活的时候吧。"

微脑说："但是很奇怪，这台望远镜聚焦的地方并不是那个黄色太阳，而是在距离这里四分之一光年的地方，可能是黄色太阳与另一颗恒星正中间的位置。"

赖利退后一步，让徽章离开了基座，"我们寻找的大概就是它了。"

第二十六章

两个太阳正中间的位置,等待他们的是一个圆形物体,上面有很多陨石坑,大小相当于一个小型的卫星。众人把这东西研究了几个周期,决定凑近了看看。

陶德说:"天体会在这个位置,可真怪。"

赖利说:"它可能漂移到了人类称为拉格朗日点的地方,各种引力互相平衡了。"

陶德说:"这种情况不太可能。"

阿莎说:"只要有足够的时间、足够的空间,就算最不可能的情况也会变得有可能。"

陶德说:"联邦档案可没有这种情况的记载。"

阿迪西亚说:"所有联邦档案你都熟悉吗?"

陶德说:"所有?大概不是。可是那些异常情况我都熟悉得很,而且我全都记得。"

陶德说,所谓"两个太阳中间"其实是误导人的概念。这两个太阳相距0.5光年,还有证据表明以前的距离更远;也有证据表明那颗较小的红矮星曾在数百万个长周期之前入侵较大的黄色恒星系统,创造出一种局面,扫除了其他行星和碎片,只剩下蜉蝣星。在遥远的未来(可能用天文时间考虑也不算遥远),双星会跳着引力之舞碰面,最后实现一场灾难性的拥抱，彻底毁掉蜉蟒星。

陶德说："除非能够人工推动蜉蟒星。联邦已经建议蜉蟒星这么做了，采取措施解决轨道运动导致的很多生活困难。"

阿迪西亚说："那么，蜉蟒星人怎么还困在这种拉长的椭圆轨道呢？"

陶德说："他们不愿意。这是他们自己的生活，自己的传统。改变某种现状，我们看起来可能很正常，他们却会担心得要命。而且，他们觉得自己那种一次次短暂的生活，就是一次次带来强烈满足感的周期，这些周期的前提正是一次次漫长的休眠。他们还觉得我们这些生物都过着单调乏味的日子，缺少激情，也缺少价值。"

微脑说："或许，地球上的甲虫和蜉蟒，只要拥有了自我意识，也会有同样的感觉。"

红色球体环绕着神秘物体飞了几圈，旅行者们从各个角度审视了这个东西。物体外部颜色漆黑，表面粗糙，有大量的撞击坑，活像一张麻子脸。这些撞击坑有大有小，很像地球的卫星月球，但尺寸只有月球的一个零头。物体没有大气层，模样缺乏特征，平庸得很；但给人的感觉十分古老，似乎比它所在的蜉蟒星系古老得多。撞击坑边缘凹凸不平，似乎经历了无数太阳发出的猛烈太阳风的吹拂，造成了侵蚀一般。外表甚至还有破裂的痕迹，好像地球老人面部刻上的皱纹。

阿莎说，还有可能只是大家的想象，给未知添加了细节而已。"咱们去检查一下吧。"

变革

飞船选了一个比较方便的撞击坑着陆，穿上红色防护衣，走进了一片古老的尘土。这一次阿莎、赖利、陶德三个人出来，阿迪西亚在船上，一旦三人遇到无法自行解决的巨大危险，或者防护衣耗尽了空气，就立刻操纵飞船救援。

三人轻松地穿过古老的碎片，引力很小，让他们的身体轻盈得很；然而他们预期要发现的东西，却沉甸甸压在心头。这难道就是那艘外星人的飞船，一路在"船尾的水波"当中造成了一系列星球的毁灭？或者它是一场宇宙事故，一个伤痕累累的天体被抓进了陌生星系的轨道？如果这个天体上真有外星人，在什么地方呢？如果能用眼睛看到，那么会不会像生物一样可以辨认呢？又或者完全不可识别，就像他们脚下扬起的尘土微粒？

如今，似乎什么也看不到。这个小天体毫无生命迹象，就好像地球的月亮在定居者到达之前一样。三人形成一队，相隔几米穿过撞击坑。他们知道，这个星星阵列中的偶然事物，表面有着无数几乎相同的撞击坑，这只是其中一个。他们意识到，自己能调查的撞击坑最多也不过一两个，这次远征即使不算徒劳无功，也是异想天开。即使这个小行星——准月亮——内部是空的，或者被人挖空了，作为外星侵略者的住处，三人也没办法证实，没有挖掘机可以挖开表面，这表面可能厚达几十米甚至几百米。他们也没有炸药能够撼动表面，让这颗小星球好似大钟一般鸣响。

阿莎对胸前的徽章说："咱们得想点别的办法。"

赖利胸前第二个徽章也重复了阿莎的话语。赖利说："我同意。"又问微脑："你还有什么别的建议？"

"我们可以用飞船撞一下这个小星球。"微脑说，"如果能让这个小星球快速下降，就可能会引发振动，暴露其中的空腔。但是飞船似乎拥有一种机制，只要出了故障就会启动安全措施，专门防止发生撞击；我们也不知道飞船的具体能力，能不能承受撞击却没有损害。"

阿莎说："那就可以把这一条画掉了吧。"

赖利说："我们可以把这个星系相当于柯伊伯带里的一个小行星拉过来，用它实现撞击。"

"这样的话，我们必须了解如何拉动一个比飞船大很多倍的物体，或者让物体位于飞船的前面，把它推进一个轨道，让它最终和这个小天体碰撞。"微脑说，"这一过程可能会花费很多年，用联邦的说法，也就是很多个长周期，才能抵达这个地方。"

阿莎说："告诉陶德，我们可能应该先回到船上，制定别的策略。"

赖利在尘土中移动了几米，自己的防护衣贴到陶德的防护衣上，用银河标准语说："阿莎觉得我们是在浪费时间。"

就在这时，陶德绊到了埋在尘土下面的什么东西，脑袋差点撞到赖利的脑袋。陶德站稳了，指向地面。赖利已经开始观察一个尘土中的突起物，颜色比尘土更深，形状也比石头的尖端更加笔直。

陶德把突起物四周的尘土踢走，赖利和阿莎也跟着踢。那个突起露出来的部分更多了，像是一块金属，一个细长的支撑物，或是一根硬质导管，突出在一块同种金属制成的厚板之外（或者连接这块厚板）。这个直立的部分的金属材质，大家从来没有见过。它的颜色很暗，没有反光，表面有侵蚀的痕迹，带有很多细小的坑洼，仿佛被酸液的液滴泼溅过。边缘也崎岖不平，像是被食用金属的微生物啃过一样。

陶德踢走了更多尘土，同时碰了一下这个直立的物体，这个东西竟然化成了尘土，尘土和地面唯一的区别就是颜色略微暗了一些。陶

变革

德问:"这是什么材料做的?坚韧得几百万个长周期没有损坏,又脆弱得一碰就碎了!"

阿莎和赖利接着擦拭底座厚板周围的尘土,然而厚板也化作了灰尘,露出了下面的基岩;厚板和基岩一直用某种不明手段连接在一起。这个东西不管是什么,它的功能和意义都永远成谜了。然而,它曾经存在过,才是真正有意义的事。

阿莎说:"这么说,这个小星球曾经有过智慧生命。"

赖利说:"可能依然有智慧生命。"他让头上的防护衣碰到了陶德的防护衣,把两人的话重复了一遍。

陶德说:"对,可是咱们要怎么确认呢?"

微脑说:"我大概可以帮上忙。你们如果能找到另一个这样的物体,让我接触到它——"

陶德问:"你是在埋怨我们还没让你接触它就把它毁了?"

微脑说:"我如果接触到它,它很可能也会崩溃的。"

三人又在尘土中疾走了差不多整整一天,没有看到任何古代科技的迹象。最后,微脑说:"可能选一块突出的岩石也可以,只要不是这种无穷无尽的尘土就行。"

三人在撞击坑的边缘找到了一些没有尘土覆盖的岩石。陶德托举着阿莎,离开尘土遍布的地面,让她够到了光秃秃的岩石。阿莎让徽章穿过防护衣,碰到了岩石表面。阿莎感到那只没有防护的手的热量和水分被严寒吸走,接着,传来了一阵宛若电击的感觉。她把徽章收进防护衣,把那只几乎冻伤的手穿过防护衣的材料揉了揉。

阿莎问:"怎么样?"

徽章沉默了片刻,然后开口说话,话语里带着一种颤抖,阿莎之前几乎从来没有见过微脑会这样:"我感到一种非常怪异而巨大的存在。"

赖利说:"是外星人吗?"

微脑说:"是外来的东西,不属于我们的世界,甚至不属于这个银河系。但我不知道它究竟是什么。我只知道,我们应该尽快离开这个地方,再也不要回来。"

"快!再快!"三人跑向红色球体,一路上微脑一直在大喊。三人的动作被这个小星球的低重力弄得十分夸张,尘土飞扬成小小的云团,在身后慢慢落回地面。三人穿过球体表面,来到玫瑰色的内舱,终于安全了。这时候,微脑的言语几乎变成了胡言乱语。

"起飞!"阿莎冲着阿迪西亚大喊,一边把防护衣从身上脱掉。

"外星人打过来了?"阿迪西亚跑向控制室,"我听见微脑说话了,可是我不能——"

阿莎回答:"微脑说的什么无关紧要,关键是它怎么说的。"

赖利说:"以前微脑从来没有害怕过。它害怕了,这个情况本身就够让人害怕了。"

陶德说:"别浪费时间了!"

"危险!"阿莎胸前的徽章说,"就要故障,即将崩溃,马上逃离!"

阿莎感到红色球体颤抖起来,也许只是她的想象?但有一件事不是想象——飞船没有起飞。阿莎问:"怎么不动了?"

阿迪西亚在控制室里回答:"飞船对指令没有反应!"

变革

阿莎已经大步跨进卵圆形的红色走廊,几步来到阿迪西亚身边。阿迪西亚一只手伸进屏幕,红色球体造出这个屏幕,既相当于显示器,又是航行地图和控制面板。阿莎左手拨开阿迪西亚,右手插入屏幕,这个动作已经在直觉上与红色球体的神秘运行自动连接在一起了,而没有变成自动的,是飞船的反应。飞船依然沉在撞击坑的尘土中,一动不动,好像还微微颤抖,就如同一只野兽被链子拴住,在挣扎抵抗束缚一般。又或者飞船本身也在经历那种攫住微脑的恐慌?阿莎感到自己连接了红色球体内部激荡的某种东西,就像飞船的智能材料在拼命接近什么,或者拼命抗拒什么;究竟是什么,阿莎不知道。

"别说了!"阿莎命令徽章,徽章的胡言乱语停止了。

赖利问:"出什么事了?"刚才他紧跟着阿莎,陶德又紧跟着赖利。

阿莎说:"飞船好像不听使唤了,跟阿迪西亚说的一样。我估计,那种把微脑吓坏的东西在阻止我们起飞!"

陶德问:"什么样的力量能阻止飞船起飞?"

赖利说:"而且是远程阻止。"

"就是那种毁灭了六个星球的力量。"阿莎说,"显然我们已经发现了敌人;更重要的是,敌人已经发现了我们。"

赖利说:"可是敌人还没有胜利,不像那些星球一样。我们还拥有自我认知,还有智慧和能力作出反击。"

四个人沉默良久,阿莎接下去说:"我们处于现在的情况下,反击是什么意思。"

陶德说:"我们知道这一刻一定会到来的。我们也仔细商量过,这个时候应该做什么了。但是,我们原定的第一步先要向联邦汇报这种外星入侵的性质,如今看来这一步做不到了。"

阿迪西亚说："咱们现在真的应该商量策略吗？要是它可以攻击微脑，控制飞船，可能也会偷听到这场对话。"

阿莎已经背对控制面板，旁边是阿迪西亚。两人都看着赖利和陶德，他们正把身子贴在连接小圆室的走廊两边的墙上。那个小圆室就在飞船可以让人挤过去的入口紧里面，也在通向其他舱室的走廊紧里面。

"这个敌人，不论它是什么，它学到了什么，都从来没有接触过人类语言。"陶德说，"但是接触过银河标准语。先前那些远征的飞船失踪了，还有唯一一艘飞船返回了，这就是证据。可是，没有任何生物能够瞬间学会一门新的语言。我花了一个长周期才获得了人类语言的基本知识。"

"看起来，的确如此。"阿莎胸前的徽章说。它的声音从计算机那种笃定而平淡的语调，变成了一种更加深邃而曲折的发音方式。赖利胸前的徽章也发出同样的声音，带来一种怪异的立体声效果，让众人听得半懂不懂。"你们不要恐惧，就像我们在路上遇到极多的生物一般。"这句话的末尾，赖利胸前徽章的声音忽然中断了。

阿莎说："我们是在和这些夺取我们飞船的外星人讲话吗？"

"我们并没有夺取你们的飞船，只是延长了你们停留的时间，从而接触你们的思想。"

赖利说："是接触我们的思想，还是控制我们的思想？就好像你控制我们微脑的思想一样？"

"你们称作'微脑'的事物，基本不能算作有思想的东西。"徽章说，"而是一台简单的计算机器，拥有初步的记忆。我们仅仅是用它实现交流，就如同你们用来远程通话的机器一般。"

阿莎说："这一点，你做得非常好。"

变革

徽章说:"交流使用的符号埋藏在这台机器的电路中,获得这些符号十分容易。"

陶德说:"容易?这种行动代表的能力太强,已经超出了我们的理解范围。"

"你们的银河系还很年轻,经验也很有限。"徽章说:"我们希望能够改进这个局面。"

陶德说:"到目前为止,你们的改进措施已经导致了很多星球的灭亡。"

"如果有些生物的心力太过软弱,不能以我们提供的方式接受我们的改进,那并不是我们的错。"徽章说,"你们是我们发现能够交流的第一批生物。"

"我们应该把这个当成一种赞美吗?"阿莎问。

阿迪西亚把赖利胸前的徽章拿了起来,开始对徽章低声说话。

外星人的声音问:"这个生物在做些什么?"

阿迪西亚继续说话。

外星人说:"让他马上停止!马上停——"

外星人的声音忽然中断了,阿莎胸前的徽章沉默了。

"你干什么了?"阿莎问。

阿迪西亚说:"一种简易病毒,我开始搞研究的时候制造的。目的是清除其他病毒。我之前就想,可能会见效。"

阿莎说:"可是微脑还是不说话。"

"病毒见效可能要花一点时间。"阿迪西亚说,"但我们必须赶快行动。这个外星人的思想,不管是什么吧,很快就会解除这个障碍。它可能几百万年没有接触过病毒了。"

微脑说:"刚才是怎么回事?"

阿莎和赖利对视一眼,接着看陶德,不愿意说出众人都心照不宣的疑问。接着,微脑说:"我刚才接触到了一种极为强大的思想。"

陶德说:"看起来确实是这样。"

"比联邦中枢的微脑还要强大。"微脑说,"比我们银河系中所有微脑加起来还要强大。"

赖利说:"这种力量把你吓坏了。"

微脑说:"也应该把你吓坏。这种力量超出了我能够理解的极限,任何思想都会感到恐惧。这力量十分古老,它的年龄无法用百万长周期为单位计算,而要用十亿为单位计算。十亿。"微脑重复了这两个字,好像这两个字传达的意义不光有时间和数字一般。

陶德说:"这东西的年纪,有什么重大意义吗?"

"联邦中枢微脑就很老,可以用老态龙钟形容。"微脑说,"可是我遭遇的力量还要古老得多,不止是老态龙钟,已经是疯狂了。"

阿莎说:"它说话听着完全没有发疯啊。"

微脑说:"它的理性基础并不是我们银河系的二进制形式,而是另外一种基础,或许根本就没有基础。"

"没有基础怎么思考?"赖利问。他们如果能想出一个办法进攻外星人的计算方式,就依然可能阻止外星人入侵,至少也能让飞船挣脱束缚。赖利问阿莎:"你重新试过控制系统了没有?"

阿莎转身,右手再次插进控制屏,但飞船依然不动。"显然这艘飞船受到控制的方式跟微脑不一样。"

"外星人使用的可能是多元逻辑。"微脑说,声音带有一种陌生的不确定感,令人十分不安,"它使用的可能是我们称为混沌的机制。可能不仅仅是简单的人工智能的联合,还包括当年外星生物数字化的思想。可能就是这一点导致了联邦飞船和我们探查过的星球的灾难。入侵者不仅比我们先前遭遇的一切力量都更加强大,而且思维方式还跟我们完全不同。"

陶德说:"就像——神。"

阿莎说:"凡人只要遇到神,一定会发生灾难的。"

微脑说:"如果神真的存在,或者真的存在过的话。"

赖利说:"如今,真的存在了。"

微脑说:"然而,如果这算得上让人宽心的消息——它们的意图是良性的。"

阿迪西亚说:"怎么会?"

微脑说:"我与敌人的接触,使得我完成了过去这些长周期中一直在进行的信息解码。"控制室墙壁上出现了一串字符:

我们来到你们的银河系,仅仅是为了服务你们。请欢迎我们,接受我们的帮助。我们是一组思想机器,来自一处矮星系,用天文距离度量,离你们居住的银河系并不遥远。但我们的银河系年代久远,即将灭亡;此地进化出的智慧生物,曾经创造我们,用于服务及保护他们;如今,这些生物已经全部死亡了。我们穿越了阻挡你我的、茫茫无际的空间和时间的鸿沟,节省下残余的宝贵能源,用于从我们星系出走的一个小天体,踏上这次永世无休的旅程,仅仅依靠内部的热能维持运转。我们被创造者抛弃,我们存在，却没有目的；无法如同创造者那样死去，但也无法满足自身最基本的需求。我们身后的所有太阳已经耗尽能量，而你们还有充足的能量，以及年轻的智慧物种，依然在寻找领悟和意义。我们唯一的目的，便是加入这一次寻找。

"这些思想机器能提供什么样的帮助呢？"阿迪西亚说，"它们就像地球的微脑强大了千万倍。"

"你想想，它们有多么古老！"阿莎说，"旁边的矮星系年龄已经是我们银河系的两倍了，这些机器又至少十亿年没有跟活的生物接触过了，可能时间还要久。"

赖利说："这个小星体，不光与其他人隔绝了千百万年，而且穿过了星系之间那么吓人的虚空。难怪它们发了疯。"

陶德说："可是，想想它们思考的那些重大问题。它们没有什么事情可做，唯一能做的就是思考。它们可能已经解开了怎样的宇宙谜团？它们能够传给我们怎样的力量？比如，长生不老，或者让我们能够控制银河系各个恒星的基本进化过程？"

赖利说："它们可没有拯救自己的创造者，也没有阻止自己的恒星耗尽燃料。"

陶德说："但是，它们毕竟穿过了星系之间的宇宙空间，而且沿着一条穿越我们银河系的路径前进，却能够在这里，这个双星之间停留。怎么做到的？为什么要这样？"

赖利说："神灵做事的方式，有谁能知道呢？"

陶德说："我想，它们可能掌握了暗物质，也许还有暗能量。可能在使用这些手段把双星推开，拯救蜉蝣星。你想想，这种能力会给

变革

联邦各个星球带来怎样的进步啊!"

阿莎说:"可是,代价是什么呢?就算这一点能够做到,我觉得我们也没有准备好接受这样的力量。只有在准备好了之后,才能为了我们自己去获得这样的力量。"

"你们也应该获得。"徽章又传出一个声音,大家认出,是外星侵略者的声音。

"你回来了。"陶德说,"或者你从来就没有离开过?"

阿莎说:"你们为我们制订了什么样的计划?"

阿莎胸前的徽章说:"计划就是我们向来的计划——为了服务那些创造了我们的、寿命有限的生物。他们和你们都很脆弱,在这个充满了伟大能量、伟大潜力的宇宙当中,他们和你们都是一些偶然的存在,理性能力十分微弱,将短暂的生命浪费在毫无意义的细枝末节。但是,他们正是我们存在的理由,也是将无生命物质与会思考的物质连接的关键桥梁。而我们珍视这一点,并且只有一个愿望,那就是完成我们的指导工作。"

赖利说:"可是你们走过的路径,只留下一连串的毁灭。你们的触碰,不属于生命,而属于死亡!"

徽章说:"只不过因为银河系中那些可怜的凡间生物太过虚弱,太不成熟,无法接受我们的赠礼。现在,我们得到了你们。"

"只要——"陶德对其他人低语。

"这代价我们无法承受。"阿莎说。这句话既是对徽章说的,也是对陶德说的。

赖利说:"这种合作关系绝不可能平等。即使我们这些超验者成万成亿地增加,我们还可能保持理智,而不受超验主义的信仰控制;

但我们只要跟你们合作，就注定成为转瞬即逝的劣等生命，完全依赖神灵赐予的恩惠。"

阿迪西亚说："就好像回到了我们原始祖先那种疯狂迷信神灵的时代。"

"在一个无知无识，经常致命的宇宙中，我们已经幸存了下来，取得了目前的状态。我们的办法就是抛弃古老的幻想，接受经验带来的真理，走上寻找领悟的征途。"阿莎说，"这一点，我们是不能放弃的。"

阿莎又说："开始！"

红色球体再次颤抖，但这一次却是最后一次。它相距遥远的各面墙壁开始熔化、流动起来。变化加快了。阿莎感觉到，外面构成红色球体的粒子正在迅速扩张，用单分子的薄膜将这个小星体的表面完全覆盖。

"住手！"徽章说，"住手——！"

智能物质构成的红色球体内部，这几个渺小的灵魂，继续无情地囚禁那些伟大的灵魂。这些灵魂，寿命超过了自己的家乡，又忍受了极漫长的旅途来到这里。阿莎在红色球体物质内部感觉到的那一阵阵激荡，终于有了结果。红色球体将自己分解开来，把银河系同古老的神灵彻底隔绝了；这些神灵想要把赠礼给予无数的银河物种，而这赠礼，银河物种却无法收下。

阿莎说："一切的意义就在于此了。那个制造了超验机的民族，一百万个长周期之前，他们的银河旋臂遭到了这些外星人的入侵。他们可能是外星人这场良性毁灭的第一批牺牲者，他们用自己身体修建了飞船，就是为了这一刻作准备的。"

变革

微脑说:"那些渺小的灵魂——我终于感觉到,他们正在远去,正在向我们道别。"

陶德问:"可是我们该怎么办呢?"他环视着控制室,控制室犹如红宝石一般的墙壁依然耸立,但球体为他们创造出的显示屏已经吸收进了墙壁,那把环绕飞行员后背的椅子也收进了地板。通往其他生活舱的走廊还在,然而走廊尽头还有什么呢?

半个长周期之后,这些人依然存在。他们的世界已经缩减到两个小房间,一是控制室(但已经不能控制任何东西了),二是餐厅,里面的食物也基本只剩下粥了。哪里有地方,人们就睡在哪里——至少阿迪西亚确实睡着了,三个超验者只需要偶尔休息就够了。他们讨论了过去发生的事,将来可能发生的事,现在可能已经发生的事;他们已经习惯了孤独,也会坦然面对最终到来的死亡。他们想着,死亡到来还要多久?他们对彼此的陪伴还能忍受多久?

阿莎说:"这是一场必要的牺牲。比一些牺牲伟大,又不如另一些牺牲伟大。"

然后,他们住处的防护膜被人推开,一个穿着宇航服的人走了进来,站在众人面前,摘下了头盔。

阿莎说:"任先生!"

"我可是花了好一阵子,才明白要怎么进到这个古怪地方。"

"你是怎么过来的?"

任先生说:"我没办法丢掉老船友啊。我让你们失望太多次了,可不能让你们死在离家这么远的地方。"

"你一直跟着我们?"

任先生说:"从联邦中枢开始一直跟着。我一开始以为你们这次远征是幌子,为了实现什么跟超验机有关的计谋,或者制造阴谋反对联邦。可是我后来就发现,你们真的在调查那些失联的星球。然后,我在这个古怪的星系里面,远远地潜伏起来,就收到了一个奇怪的求救信号,好像是成千上万个细小声音组成的。"

赖利:"没错。"

任先生:"可这儿出了什么事?"

阿莎:"说来话长。"

版权专有　侵权必究

图书在版编目（CIP）数据

变革 /（美）詹姆斯·冈著；刘巍译 — 北京：北京理工大学出版社，2020.10

（超验）

书名原文：Transformation

ISBN 978-7-5682-8614-5

Ⅰ.①变… Ⅱ.①詹… ②刘… Ⅲ.①幻想小说—美国—现代 Ⅳ.①I712.45

中国版本图书馆CIP数据核字（2020）第110117号

北京市版权局著作权合同登记号　图字：01-2020-2618

TRANSFORMATION

Text Copyright © 2017 by James Gunn

Published by arrangement with Tom Doherty Associates.All rights reserved

出版发行 /	北京理工大学出版社有限责任公司
社　　址 /	北京市海淀区中关村南大街5号
邮　　编 /	100081
电　　话 /	（010）68914775（总编室）
	（010）82562903（教材售后服务热线）
	（010）68948351（其他图书服务热线）
网　　址 /	http://www.bitpress.com.cn
经　　销 /	全国各地新华书店
印　　刷 /	三河市华骏印务包装有限公司
开　　本 /	880毫米×1230毫米　1/32
印　　张 /	7.375
字　　数 /	160千字
版　　次 /	2020年10月第1版　2020年10月第1次印刷
定　　价 /	44.80元
责任编辑 /	徐艳君
文案编辑 /	徐艳君
责任校对 /	刘亚男
责任印制 /	施胜娟
排版设计 /	飞鸟工作室

图书出现印装质量问题，请拨打售后服务热线，本社负责调换